인간과문학파 동인지 제5호

호모 스크립툼

인간과문학파 동인지 제5호

호모 스크립툼

권순우 외

인문MnB

차례

인간과문학파 동인지 제5호

호모 스크립툼

시

소설

희곡

수필

문학 평론

영화 평론

시

권순우
김영복
김재근
김충경
박수원
박희자
송복련
심현식
안춘화
양희진
이노나
이영애
이인환
이정이
이정태
정달막
최길순
피귀자
한성근
홍의선
황병욱
황희경

권순우

들지기
금오도 비렁길
무늬뜨기
정곡을 찌르다
옥외 상영관

2019년 《인간과문학》 시 등단
산문집 《그리운 날의 비망록》

들지기

논둑 가로지른 산밑에 둥지를 튼 삽사리 문안인사 가는 길 백고좌 법회 중인 메뚜기 금방 잡힌다. 잡혀서도 흘레 풀지 않는 내외를 존중, 나는 얼른 허리 굽은 벼이삭에 놓아주었다.

어둑발 내미는 안방 사물들 자지러지도록 교성 내지르며 탐닉했던 젊은 시절의 장지뱀 튀어나올까.

말뚝 아래 찢긴 사료 한포대, 물함지박, 멧돼지나 고라니 출몰을 막기 위해 들판으로 이주해온 견공에게 줄 게 없는 나는 노랗게 익은 탱자를 내밀었다. 반가움에 이리 굴리고 저리 냄새 맡는 그대에게 나는 쯧쯧쯧 부르며 눈치를 살핀다.

야산 능선 울리도록 짖으라 매어둔 목줄 절렁거리며, 오늘 밤 탱자숲 넘어 그믐달 등에 업혀 '늑대가 무서워요'를 연발하지 않도록 개팔자 상팔자 아닌 개팔자의 목덜미를 쓰다듬어 주었다.

울도 담도 없는 들판을 지키라고 홀혈단신 남겨둔 개는 돌아서는 내 등 뒤에 아마도 야속하다는 눈길을 보내 오는지, 오금이 저려온다.

금오도 비렁길

귓등에 꽂은 검은 산동백꽃이
돌부리 안고 나동그라진다

놀라 줄행랑치는 실뱀은 천국이 지루하여
몽매에도 그리운 각시 찾아온
죽은 맹광수 씨 아닐는지?

일별만으로도 선사하던 기쁨의 눈물을
동박새는 입술로 떼어 던진 것인지
동백꿀 따던 동박새 동백나무 숲에서
비단 보아뱀처럼 맹광수 씨 부인 꿈틀거리며
봄바다를 본다

조금때 낮잠에 불러낸 조금새끼들
금오도 돌틈에서 돌틈으로 이어진 비렁길
생의 본능을 미역줄기가 부추긴다

멀리 떠났던 맹광수 씨 돌아와
마지막 탐미의 허물을 벗느라
떨어진 동백꽃을 발로 차서
벼랑의 파도 속에 던진다

무늬뜨기

바오밥나무와 빗살무늬토기가
그물뜨기 놀이를 합니다

타작 마당 탈곡기 소리도
여름 강변에 쌓다 허문 모래성도
무늬로 새겨 넣습니다

말과, 글과, 생각이 모자라서
오방색 실을 푸는 엄지와 검지
둥근 수틀이 됩니다

첨벙첨벙 금호강 건너던
도요새의 발자국도 찍어 둡니다

구백 살 먹은 바오밥나무가
박물관 유리벽을 뚫고 나온 빗살무늬토기와
손가락 길이를 잽니다

마다가스카르 섬 모래펄에 앉아
무릎 걸고 씨름을 합니다

정곡을 찌르다

뻘밭을 질주하는 짱뚱어를 두고
못 생겼다 놀리지 마시라

눈 불룩 튀어나오고 몸에서
날개가 돋아도
나는 여기서 너는 거기서
서로 얼마나 보고 싶어 기다렸던 것이냐

꼬리가 날개에 닿지 못해
날개가 꼬리에 닿지 못해
높이 뛰어오르려는 짱뚱어를
장대비인들 의심할 수 있으랴

밤새 시를 쓰다
두 눈이 불룩해진 친구
너도 나도 비오는 날 좋아해서
머지 않아 우리 몸에
날개가 돋을거야

옥외 상영관

'아라연'이라 명명한 남매지 팔각정은
사방으로 뚫려 있는 영화관

모세의 구름지팡이와
다리 아래 둘러앉은 모네의 '수련'이
'벤허'를 보고 있다

잔물결에 흔들리는 '영화모임 3인'
밥알 틈 비집고 구운 고구마
팔각정 벤치에 펼치고 앉아
메이는 목 안으로 자꾸만 밀어 넣는다

고려 유적에서 건져 올린
칠백 살 먹은 연밥이
붉은 싹을 밀어 올리는지
못의 가장자리는 뿌글거린다

수양버들과 왕버들 복사뼈가
모세의 구름지팡이 데려와
연밭 진흙을 휘젓고 있다

김영복

뒤꿈치의 꺾긴 시간
나뭇잎 오후
꽃 여운
달로 박힌 점

2016년 《인간과문학》 시 등단

뒤꿈치의 꺾긴 시간

짧게 이는 바람으로 불었다 가고
바람과 침묵에 부대낀 가여운 청춘
만져지지 않는 철길 같은 인생을 달려와서는
뒤꿈치 꺾긴 수척했던 시간과
슬프게 시작되었던 끊어질 숨결 고르다
뼈 속까지 아리는 아픔이 녹아내리는 생의 끝에서
남아 있다는 시간은
거짓말이 되어 들려온 말이 되기를 간절히 바랐지만
슬픈 이의 기적을 바라는 마음과 간절한 두려운 침묵
피지 못한 가엾은 유년의 꽃 허무한 죽음은
아름다웠던 날의 끝말이 흙으로 덮여
가랑잎 되어 떨어진 회억으로 앞에 놓여 있다
덧없이 흘러가버린 시간
묵묵히 묻었다
영원히 떠났고 남은 이들은
바람이 스치는 날마다
간직할 말이 되어 기억으로는
뒤척뒤척 바람이 잦아들지 않아
이제 기다림도 바람으로 떠났다
간직할 말이 되어
누구의 벗이여!!

나뭇잎 오후

오후로 스쳐가는 가을 두고
홀태바지 서슬이 퍼런 외로움으로
물 · 들 · 다 · 가 따라 와서는
사양斜陽 볕에
좁아진 구석진 방에 널브러져 먼저
왔었을 나뭇잎
외롭게 바스라져
깊은 여운을 감고 돌아서도
처연하도록
익숙한 경험으로 엎어진
고독했던 사과와 무거운 침묵
바지 끝에서는
서늘하게 쓸쓸하게 서글프게 오후로 시들어 가

꽃 여운

꿈결에 찾아 들었던 여운餘韻
말을 잃어버렸던 들판
외딴 아카시아 꽃 향기 울타리
초가집 옹달샘 하나 있었네

문패 없이도 소식을 주고 받았네
시절 따라 여울진 냇가 옆 빨래터
아카시아 울타리 집 하나 덩그러니
숨어들었어도 아름다운 아카시아 꽃
향기로 숨 돌리며 살았던 유년 시절
산 이름도 모르며
앞 산 능선 따라 굴곡져 저물어가는
부러진 나무 가시에 찔린
흉터가 간질거리네 꿈에서

메별의 햇살이 빠르게 지워져 척박한
어두운 밤에 무겁게
짓눌렸던 이 세상 마실
호롱불 그을음 벽을 타고
탁본이 되는 두 얼굴

말을 아껴요 사랑도 아껴요

그들은 지금도 아카시아꽃 향기로만 묻혀
사랑을 놓치고 살았든가
화열火熱했던 시절이었든지
혼란스럽게 꿈을 꾸네

비가의 노래를 흥얼거리는
새벽 푸르른 창호지에 깨는 햇살
유년 시절의 애매모호한 아카시아 꽃 향기의 여운餘韻

달로 박힌 점

하늘에 붙어 있는 구름 나뭇잎 그려 놓고
겨드랑이 바람으로 오지 않았던 사유

유리창 새벽 밖 멀리 있던 점과
텅 빈 숨을 들이마시며
이지理智의 입술 왼쪽 검은 점은 달과 마주친다

그리지는 못하여 견딜 수 없어 달도 차고 있었는데
그대 입술에 별 점 하나 박혀서 과거로
돌아갈 수 없다면 입술의 운을 띠는 기다림으로

기다림으로만
부끄럽게 멀리 있었을 때가 그리웠다 하고 싶다
치열할 밤과 낮을 세상 건너다니며 순간마다

김재근

11월 엽서

농촌 추억

생의 그림자

어느 퇴임식

출근 전쟁

2017년《인간과문학》시 등단

수필집《걸으며 생각하며》

시집《형태소》,《삶의 의미》,《문사동 가는 길》

11월 엽서

10월의
달력이 지워지는 날

가을이
저 혼자
단풍 속으로 흩어지고 있습니다

자신의 색깔로
물 들었던 마음들
하나 둘 지고
역할을 마친 텅 비어버린 들판처럼
밀려올 공허함에
몸도 느낌도 움츠려 들겠지요

계절에 민감한 철새처럼
다른 곳으로 날아갈 수는 없지만
세상은
마음먹기에 따라
행동이 달라지지요

안부를 나누는 친구와
가족이란 정겨운 옷에

걸으면서 생각할 수 있는 건강한
오늘이 있습니다

내일도
따뜻한 마음이 함께하는
날이면 좋겠습니다.

농촌 추억

한여름
매미가 끝도 없이 사랑을 갈구하던 저녁

하루 종일
무논에서 벼 사이 잡초 제거 일로
허기진 배를 채우려
보리밥 한 그릇
알싸하고 싱싱한 풋고추에 강된장을 푹 찍어
한입 넘기고
찬물 한 그릇 비우면
목까지 밥이 차오르던 시절

개구리들의 합창이
자장가처럼 울리고

모기들 등쌀에도
몸 보시하며 꿈속으로 떨어지던 그때

세상모르고
아이들 잠든 위로
둥근달이
빙그레 웃으며 내려와 이불을 덮어주었지

달빛에
들판의 벼들도 웃으며
잠 들었지

생의 그림자

명성산에 한겨울 북풍이 덮친다
억새 무리들
하얀 머리도 벗겨진 채
온몸을 부르르 떨면서
쓰러질 듯 버티고 서 있다

젊은 시절
진액을 모두 쏟아내어
온 정성으로 키워낸 분신들이
모두 날아가도
묵언默言인 그들

좋은 터에
자리 잡으라는 당부와 함께
노쇠한 몸에
한 점 눈물도 말라버린
이 겨울 한기

따뜻한 봄
그 인고의 시간을 기다리는

농촌

고향을 지키며 살아온
등 굽은 어버이의 처연한
그 뒷모습

어느 퇴임식

바람에 가을이
가을이 우수수 진다

떨어져 나갈
두려움에 얼굴들이 노랗게
떨고 있다

이들도
한창 젊은 시절엔
체력도 키우고 열매를 가꾸는데
뛰어다니면서 온 힘을 쏟아 내느라 자신들은
뒤도 돌아볼 시간도
없었다

늦가을 햇살이
길게 늘어트린 나무 그림자 사이로
기웃거릴 때
할 일을 마친 그들은 이제
등 떠밀리듯
퇴장 당하는 신세다

아쉽고 공허한 마음도

비우고 가야 할 이별의 아픔에
눈시울이 붉다.

숙명처럼
모두 주고 떠나면서도
새 봄을 기원하는

은행나무 노오란 잎들

출근 전쟁

먹어도
먹어도 허기진 동굴 속으로
파도가 숨 가쁘게 밀려오고 또 밀려가는
출근시간

객실은
용수철이 터지고
정지된 30초
콩나물시루에서 울리는 다급한 목소리
잠시만 요!
내릴 곳을 지나치면 하루를 지각해야 하는
절박한 시간

또 다른 전쟁터
환승역 통로
다음 연결된 차를 타기 위한
거대한 용틀임의 현장
계단과 에스컬레이터는
인파로 물결치고

어느새 일상으로 굳어진
하루하루의 생활은

가족의 얼굴과
일터의 피곤함이 함께 교차되는 현실

서울 지하철
45년 역사는
코로나로 창출한 마스크로
얼굴이 지워진 채
부딪치는 그들의 어깨에 의해 오늘도
적립된다

김충경

수컷이라는 이름

벽지를 뜯다

열반

나무 소풍 가는 날

나비, 허공을 날다

2015년 《인간과문학》 시 등단

목포문인협회·목포시문학회 회원

시집 《타임캡슐》

수컷이라는 이름

세상의 수컷들은 모두,
날 세운 무기를 몸에 지니고 다닌다

일 년에 한두 번 쓸지도 모를 무기를
왕관처럼 머리에 쓴 수컷 산양이
거친 바위에 뿔을 갈고 있다

발정 난 암컷 눈 속으로 들어가기 위해
죽음의 그림자 드리운 수십 미터 절벽 위에서
뾰족한 뿔, 창처럼 내세워
다른 수컷과 머리를 맞대고 있다

사랑에 목숨 따위 바친 지 오랜 수컷들이
제 성姓씨를 가진 무리를 이끌고 있다

제 가족을 돌보기 위해 목숨 걸고
높은 담장 위를 걸어야 했던 아버지

자식들에게는 한없이 자애로운 아버지
아버지 이름도 '수컷'이었다

벽지를 뜯다

지은 지 백 년이 넘은 고향집
여러 겹으로 덧바른 벽지를 뜯어낸다

한 겹 한 겹 뜯어낼 때마다
희뿌연 먼지 속에서 박제된 시간들 되살아난다

할아버지 담뱃대 탕탕탕 두드리는 소리
손주 등에 업고 토닥거리는 할머니 손바닥 소리
홀연 사라진 자리

콜록콜록, 방안 가득 아버지 담배 연기 번지고
이불 차는 아이들 곁에 어머니 뒤척이는 소리에
누나가 붙여둔 껌딱지 검은 눈동자도 반짝인다

또 한 겹 뜯어내자
아랫목 가을 햇살 한 줌 부스스 깨어나고
주인 따라 순장된 바둑이 컹컹 짖는 소리 들려오는 빈집

오래된 벽지를 뜯다 보면
사라진 기억들이 꿈틀꿈틀 되살아난다

열반涅槃

수백 킬로 헤엄쳐 왔던 바닷길을 회상하며
거친 숨 몰아쉬고 있는 두 눈 퀭한 명태 한 마리

이름도 알 수 없는 수많은 링거 줄과 산소호흡기가
오십 중반의 마지막 생을 꽉, 붙잡고 있다

희멀건 눈동자 위로 풀린 눈꺼풀만
지난 세월을 재조명하듯 껌벅거리고
툭툭 불거진 뼈마디마다 질게 밴 생의 비린내가
알코올 냄새 따라 증발되고 있다

손을 내밀어 마른 댓가지 같은 손을 잡자
저승사자를 만난 듯 부르르 떨며
한 가정을 이끌던 굳센 목소리는 소거된 채
붕어처럼 입만 달싹이고 있다

건국대 병원 중환자실 하얀 시트 위에
바짝 마른 명태 한 마리
열반에 든 와불臥佛님처럼 누워있다

나무 소풍 가는 날

해동용궁사* 주차장 관광버스에서
검버섯을 뒤집어쓴 나무들이
낙엽처럼 떨어져 내리고 있다

한결같이 허리 굽고 다리 끄는 나무들
손 마주 잡은 부부도 있고
끼리끼리 손잡은 과부댁도 있다

마지막 소풍이라도 나온 듯
나무들이 산들바람에도 출렁거리고 있다

한때 집안의 기둥이 되거나
바람막이가 되어준 늙은 나무들이
허공에 발을 내디딘 채
하느적 하느적 걷고 있다

기념품 가게 앞 등긁개 만지작거리다
백팔 염주알 굴려보다 마침내,
절 입구 십이지신상으로 다시 태어나고 있다

찰칵!
수확을 끝낸 나무가 소풍을 나왔나 보다

*해동용궁사-부산에 있는 사찰로 바닷가에 위치하고 있어 전망이 뛰어난 기도처이다.

나비, 허공을 날다

땅거미 내려앉는 저녁 무렵
지팡이를 짚은 할머니들이
배추흰나비처럼 양 날개 펄럭이며
언덕길을 내려오고 있다

언덕배기에 있는 경로당을 오르던
안으로 굽은 발걸음들이
살아온 날만큼 힘들고 더디었지만

하루를 마감한 귀갓길은
서녘하늘 구름무늬처럼 가볍다

이승의 짐 다 내려놓은 채
하늘로 사뿐 내딛는 발걸음이
배추흰나비 날갯짓처럼 희고 빛난다

박수원

4박5일 전문치료형 캠프

날짜 변경선을 넘고 싶다

왕도 아닌 여왕도 아닌 날에

행성으로 간 여자 2

헌 책방

2014년《인간과문학》시 등단

시집《너무나 인간적인》,《가면놀이》,《행성으로 간 여자》

4박5일 전문치료형 캠프

산 너머 단풍에도 모올래 울렁이던 가슴이
왜일까, 심히 울렁거려서 더 우울한 오후
며칠 간 뉴스에서 본 그 괴물들 일그러진 냄새 때문이라
서둘러 진단하는 내가, 나의 바른 의사 맞을까

울혈지고 멍울졌던 메스꺼움이
그새 뒷목을 당기고
고속 질주하던 혈압은
뒤척이는 밤을 또 꿈도 없이 뒤척이게 했으니
아침밥 한 덩이가 순순히 넘어 갈 수가,
목구멍 둔덕에서 목을 조르고 사레까지 모셔온다

급기야는 나의 쉼 없는 토악질 시대

물조차 삼키지 못해 메마르고 해진 마음은
어디, 풀 한 포기는 심을 수가 있겠고
유니세프 그 광고물 흙물 먹는 아이에게 눈은 갈 수가,
애꿎은 리모컨만 요리조리 만지작대다
건성으로 즐겨보는 일일드라마에서

뼈마디 걸린 낚싯줄처럼 꼬인 너절한 하품들이
통풍 오듯 휘젓다간 신바람만 쫙 모아서 뼛속을 새나간다

이미 소진한 산소는
한바탕 웃음으로 변모 못하고
웃을 일이 많은 데도 뭐라 웃을 수 없는 지금

화병이 도졌나 보다, 또 바짝바짝 타 올라서
자가진단을 해 본다면 불붙기 전 몇 초 전
아무래도 4박5일 전문치료형 캠프로 난 가야겠다
내 눈을 붙잡던 2호선 지하철 그 모집광고를 찾아서

임상시험을 하러 가야겠다, 진짜의사에게로

날짜 변경선을 넘고 싶다

이 땅에 사는 내가
저 땅으로 가려면 저 큰 바달 건너서야
그에게로, 그에게로
날짜변경선을 넘고
하루를 벌면서까지
마음 가득 심은 한 다발 하얀 장미를
시들지 않게 아주 시들지 않게
눈물을 빗물 삼아 뿌려가면서 그대,
그대의 닫힌 창가 앞에 싹 틔어 본다면
붉은 마음 물들어
어느덧 붉은 장미가 되는 것 같아

천신만고 끝
저 바달 건너고, 날짜변경선을 넘고서야
어느덧 붉은 장미가 되는 것 같아

왕도 아닌 여왕도 아닌 날에

가장 소크라테스다운 내 날은
나훈아의 테스 형을 부르는 날도 아니고
왕도 아닌 여왕도 아닌 어느 날에
노천명의 이름 없는 여인이 되어
옷 훌훌 벗어 던지고
산골로, 산골로 뒤도 안 보고 드는 날

행성으로 간 여자 2

반월당 사거리에서 길을 잃었다, 가야할
잃은 그 길은 더는 길을 내주지 않고

혼자서 지구에 온 외계인 같아 몸 둘 바를 모른다

돌부리 걸린 구두굽이 공처럼 튕겨 걷기도 힘들 때에
돌담 쌓이듯 저장된 근육마저 기운을 잃고

쉬이 식어가는 사랑아,
너마저 크림 녹듯 흐물흐물 녹아서 정체도 없이

너에게로 건던 모든 길은 이제 끝이 나고
떠나야 한다, 마지막 우주선에 오르기 위해

기꺼이 주눅 진 주름을 펴라, 기압을 상승시켜라
짊어졌던 무거운 짐도 잃은 그 길처럼 버려두고

가속으로 날아야 궤도를 가벼이 날을 수가 있다

헌책방

청계천변 물속을 꼬리치며 반기는 붕어 떼는
물장구치던 내가, 거슬러 오르던 남한강으로의 회귀이듯
거슬러 가다 보면
또 다른 낯선 고향도 발에 익는 법
머무를 곳 남아서 숨 쉴 수 있다는 이 푸르른 행복감,
그 옛날 청계천은 이미 청계천이 아니다

그때의, 천변풍경이 고스란히 밀려오는 내 한창시절은 회색빛 짙은 우수가 비처럼 내렸고 복개도로 밑 흐르던 물이 무슨 색일지 아무 생각도 없이 밟고 또 밟았다 그때의, 우중충한 고가도로가 내 머리 위에 올라앉아 아프도록 짓눌렀는데도

그래도 청계천 헌책방은 내 청춘의 후미진 길목쯤,

청춘은 늘 감기 앓듯 날 드러눕히다가도 봄바람 불 듯, 아니 여름비 주룩주룩 퍼붓듯 팔랑거리며 청계천 거리를 활보시켰다 그 헌책방들, 낡아버린 목판 간판에 아귀 맞지 않은 열린 문으로 손짓을 하면 먼지 묻은 책장도 내 옛집 황토방, 그 멍석처럼 아득하여 머물고 머물기를 거듭했었다

이곳이 오랜 후 나의 어떤 집이 될 런지,
이 책이 앞으로 나의 어떤 밥이 될 런지,
아무런 생각도 없이 문 열고 들어서면
누런 종이에서 배나는 그 냄새는 내가 늘 사모했고

묵은 활자의 쓸쓸한 그 눈빛은 나를 늘 사모했기에

그리워서 잊혔던 이 청계천에서
헌책방은 내 청춘의 길목쯤 아련한 나의 스승

박희자

공터

만두처럼

줄장미

지붕 위 호박

청바지

2018년 《인간과문학》 시 등단

2011년 《문학마을》 수필 등단

시집 《복권》

한국문인협회 회원

공터

3층 건물과 2층집 사이 빈터
몇 해 동안
푸른 채소밭이었는데
올해는 공터로 남았다

빈터는 심심하다

여기에
아담한 집지어 산다면...
전철 가까워 종종걸음 안 걸어도 되고

창가에 등나무 심어
달빛 들르는 밤
심호흡 하는 꿈을 꾸기도 했는데

어느 날
빈터에 뚝딱 거리는 공사
새로운 집이 들어섰다
생각만으로 흘린 일 많기도 한데
내 꿈은 헛꿈이었나

어떤 곳에

또 다른 집을 그리며
하늘을 본다

만두처럼

손바닥에 활짝 편 만두피
넘치지도 모자라지도 않게
정성껏 만두속을 넣는다

무미건조하고 심심한 사람
속없는 만두라 한다더니

빈 마음
둥글게 말아
꼭꼭 눌러
야무지게 마무리 한다

국물 속 탱탱한 모양
잘 살아온 사람 같고
속 터진 만두
실패한 생을 보는 것 같아

조물거리기 귀찮아지면
동네가게
커다란 솥에서
하얀 김을 내뿜는
고기만두 김치만두 왕만두

비닐봉지 속 따끈함
저물어가는 생의 편안함으로 다가온다

만들어진 만두처럼
안이한 일상이 내 손에 들려있다

줄장미

장미꽃 환한 담장 길
보는 이 없으면
맨발로 걷고 싶어라

지나는 이
이상한 여자라
흘깃거리면 어때
줄기 박힌 가사가
아픔이면 어떠리

살아가는 일도
활짝 핀 꽃만 보고
좋아할 일 아니네

우리 사는 일에도
꽃과 가시가 같이 자라는데
오늘 따라
빨간 장밋빛 내게 안겨 온다

나
가시 없는 꽃이 되고 싶어라

남은 생
환한 장미꽃이었으면

지붕 위 호박

토속음식점 시골밥상에 갔더니
지붕 위 식구들 어디가고
덩그러니 호박 한 덩이가 남았다

지난 7월
오순도순 모인 가족사진처럼
바람 햇볕 받아 여물어 가던
다섯 개 호박들
혼자가 아니라 다정해 보였는데

간 곳 모름 호박 가족
어디로 갔나

젊은 날 웃고 떠들던 친구
소식 없으니
사라진 호박과 무엇이 다를까

하늘 보며 지루하게 하루를 보내는
등근 호박 한 덩이

시골집 할머니 같다

청바지

누구 인가요?
거울 속에 서있는
나를 보고 묻는다

건조한 목소리
스스로 돌아본다

지천명이 되었을 때
이순까지만
청바지를 입자고 했다

몇 년 전
산수 넘은 선배
폴로 티셔쓰
멋진 청바지 차림에 감탄했었지

내 인생 2부에서 아직 더 걸어야 할 세상
풋풋한 젊음이 아니라도 좋다

오늘 저녁은
가을 느낌 드는 블랙 청바지 입고
당당하게 걸어가고 싶다

송복련

나비물

로봇 시계

읕야

도라

마그리트의 사과

2017년 《인간과문학》 시 등단

2003년 《수필과비평》 수필 등단

시집 《꽃과 노인》

수필집 《완성된 여자》, 《둥둥 우렁이 껍데기 떠내려가다》,

《물의 시선》

나비물

푸른 배추밭으로 날아가는 모시나비처럼
엄마와 나 사이에
투명한 날개를 펼치며 사뿐히 착륙하는 물방울들

이불호청이 젖는다
바지랑대 높이 세워 널었던 울안에 탱자꽃 핀다
엄마가 물 한모금 머금어 푸푸 불어낼 때마다
나비떼들이 흰 날개를 펴고 호청 위에 내려 앉는다

당신은 흰 옥양목 호청 위에 올라 가 지그시 밟으셨다.
구겨지고 마른 성미들 꾹꾹 누르듯
버석거리며 뻣뻣하던 풀기들의 주둥이가 누그러진다.
촉촉하게 젖어 주름진 얼굴이 펴진다
네 귀를 잡고 밀고 당기는 사이
벽이 따라가며 흔들리고 라디오에서 흘러나오는 노래 장단을 따라간다
엄마의 얼굴이 탱자꽃처럼 환해진다

이불호청의 시침질 속으로 낮의 소란들이 잦아들고
눈썹달이 뜨는 밤 방안에 펼친 이부자리는
곤한 잠을 부른다
배추밭 사이로 날아다니는 나비 떼

나풀거리는 잠속이 달콤하다

로봇 시계

너는 빨강, 온몸이 빨간 너는 유리구슬 같은 두 눈으로 나를 들여다보네 불빛에 반짝이는 너의 등 뒤로 검은 장롱이 있고 거울 속에는 알 수 없는 풍경들이 헤엄치고 있지 어젯밤 꿈속처럼 몽롱하게, 유영하는 고래의 머리 위로 물빛처럼 번지는 푸른 수포들 바퀴 하나와 장난감차 그리고 폭죽처럼 환한 불꽃다발을 들고 오던 당신처럼 눈부시고

너는 꾸욱 다문 입 대신에 하얀 김을 토하는 굴뚝처럼 기적을 울리지 하루 딱 한 번, 아무 것도 써지지 않은 백지를 보며 한숨을 뱉듯 일곱시야 꿈만 꾸지말고 행동하라고 지금 나를 흔들어 깨우니

붉은 네 심장을 녹여 언어로 또박또박 적어내고 싶은데 네 개의 나사로 단단히 조인 차가운 열두 개의 숫자들을 따라잡으려는 질주 끝없는 반복의 늪에서 허우적거리지 어제와 오늘이 그리고 미래의 옷자락을 잡고 숨을 헐떡이지 내 꿈길까지 따라와 째각거리던 해바라기 꽃 닮은 심장에서 박동은 틀린 적이 없지. 빨갛게 익은 산딸기에 홀려 덤불 속으로 걸어갈 때 늙은 배암이 똬리를 틀고 노려보는 낌새에, 놀란 내 꿈이 산산조각 달아나도 너는 모른 척했지

빨강, 너의 한 손이 나를 잠속에서 끄집어 내면 용수철처럼 감아둔 탄력으로 벌떡 일어나지 밤새 아무런 문장도 만들지 못하고 끙끙거린 내게 연필을 쥐어주면 너처럼 다시 살아나 펄떡거리는 사랑을 쓰고 싶은데 시계바늘이 가리키는 7시는 자꾸 미끄러지네

을야乙夜

아랫목에 풀어놓은 잠귀 속으로
타그락 터얼컥 건너오는 가마니 짜는 소리
창호지에 감나무 그림자 수묵화로 흔들리고
아궁이의 불씨가 노른자처럼 익어가는 밤
아비가 하루의 연장들을 걸어두면 밤은 이경으로 기운다
팽팽하게 당긴 낮의 시간들이 실구리처럼 풀린다
담 너머 산적 굽는 냄새 건너오는 밤은
제상 위에 밤 대추 곶감 배를 괴고 있을 테지
골목을 비추는 알 전구가 홍시처럼 열리면
잠을 떼어내며 하나 둘 모여드는 자손들의 발자국소리
향내 스미듯 묻어온 손이 좌정하자 지방이 잠깐 흔들렸을 테지
어둠을 빨아들인 을야는 삼경으로 가는 길목
별이 된 자들이 내려오고
산짐승들의 울음소리 내를 타고 내려온다

한 줄 시를 위해 을야에 머언 불을 켜는 사람이 있다

도라
-피카소의 우는 여인

아직 오지 않은 이별은
쓸데없이 눈물 주머니를 키웠다
슬픔은 틀어막아도 흰 손수건으로 비져나오네
그렁그렁 차오르면
마침내 빗줄기로 흘러내린다
태풍에 쓰러진 나무처럼 울음이
뿌리째 뽑혀나갈 듯이

도라는
너무 큰 활화산 곁에서
바람처럼 주변을 서성거렸지
게르니카'를 그릴 때 만난 그 남자는
우는 여인의 사각지대까지 읽어내었지
그림의 파편 속에 천 개의 울음을 담았지
손수건으로 얼굴 가리고 있는
여인의 뒤에 선
도라를 읽지 못하네
그림 속의 여자만을 사랑했네
화폭 속에서만 뜨거웠네

오지 않은 슬픔이 이별을 불렀네

도라는 그림 속에서 손톱을 물어 뜯네
그림 밖에서 손톱을 물어 뜯네

마그리트의 사과

그 남자를 보면 사과가 떠오른다 중절모를 쓰고 넥타이를 매고 정장차림한 그를 따라 푸른 사과 속으로 걸어 들어가면 연분홍 사과꽃이 울타리 넘는 과수원으로 일벌들이 붕붕 날아다닌다 잔뜩 꽃가루 묻힌 금빛 날개, 둥지로 향하는 무거움에 대해 안다 때때로 넥타이처럼 방바닥에 풀어지는 고단함에 대해서도 안다 애써 나르는 햇빛과 길어올린 물기들 이슬방울로 엮는 일. 꽃진 자리마다 젖멍울 같은 씨앗을 낳는 황홀한 밤, 후끈하게 달아오른 몸에 배어나는 둥그런 시간 사실 나무에도 수심이 있는 법이다 수심에서 탱탱하게 부풀어 오른 사과를 길어올린다 풋풋한 그 남자, 사과처럼 싱싱하다는 건 안 봐도 틀림없다

심현식

찻집 로젠 켈러

그날

여기 서 있다

한밤에 문득

서로의 고향

2020년 《인간과문학》 시 등단

시집 《시간이 너를 데리고 가듯이》

찻집 로젠 켈러

거기가 어디쯤일까
종로 1가와 2가 사이
둘레에는 인조 장미 덩쿨이
양쪽으로 길게, 길게 뻗어 있던
아주 넓은 홀
사람도 별로 없는데
음악만 잔잔하게 깔리던 그곳
로젠 켈러 뮤직 홀
당신도 기억하고 있을 거야
엊그제 가보니 흔적이 없더군.
낯선 빌딩이 숲처럼 둘러서서
그날의 흔적은 찾을 수 없었어.
찻잔에 어른거리던
아득한 눈빛만 마음속에 남아 있을 뿐
기억의 그림자도 없이
시간과 함께 흘러가 버린 그곳
커피인지 홍차인지
찻잔은 우리의 마음처럼 뜨거웠지

나는 어제의 일처럼 알고 있어
가슴 벅차고 눈물겹던 시간들
당신도 물론 알고 있을 거야

그날

비야. 쏟아지거라
마음껏, 마음껏
네가 열어주는 길에 나도 따라가겠어
그날을 그리면서 따라가는 거야
빗줄기 따라, 걸어서 즐거이
종로에서 장충동 국립극장까지
뛰듯이 춤을 추며 오페라 보러 가던 날
'오렌지 꽃향기는 바람에 날리고'
순간, 순간이 너무 행복했던 그날
비바람아 많이 불어라
가을비는 차라리 외롭지 않아
우산 쓰고 걷는 길은 내 작은 우물 속
걸어가는 걸음, 걸음 공처럼 튀어 올라
비 같은 것이야 맞아도 좋아
다시는 갈 수 없는 멀고 먼 그날

여기 서 있다

날이 갈수록 커지는 그림자
별빛에도 달빛에도 그림자는 짙어간다
내 발자국 내가 세는 낯선 길을 따라
시간은 쉬지 않고 깊어만 가는데
나는 정녕 이곳을 벗어날 수 없는가
강물도 흐르면 돌아올 수 없어서
나는 가던 길에 여기 서 있다

산에도 들에도 봄 봄 봄
꽃들은 때를 알아 피고 지는데
달아나는 계절 속에
나는 한결같이, 여기 서 있다
팔을 길게 뻗어서
소식이나 전할까 여기 서 있다
옛날이나 지금이나 여기 서 있다

한밤에 문득

밤중에 문득 눈을 떴습니다
바람이 방문을 흔드는 소리
문득 일어나 외투를 걸치고
전나무 우거진 숲으로 갑니다

누구신가 울먹이는 작은 목소리로
지나가는 하루를 후회하는 사람
기쁨에 벅찬 숨을 마디마디 쉬면서
내일 아침 돋는 해를 손짓하는 사람

한밤중에 문득 바람을 앞세우고
달빛이 희고 푸른 숲길을 헤맵니다
나는 그래도 이 밤의 주인공
거대한 주인처럼 부유합니다

서로의 고향

기다리고 있었습니다, 어서 오세요
두 팔 벌려 봄가을을 안아 들이면
동서도 남북도 낯설지 않겠지

흐르는 음악 속에 나를 띄우면
나는 그때마다 음악의 한 소절
한 마리의 새처럼 재재거리고
땅끝에서 하늘 끝 구름 속을 지나
자유롭게 춤추며 휘젓고 날면
누군가 너로구나 내 이름 불러

비로소 나는 세상의 백성이 될 거야
세상은 내 세상, 나는 세상의 사람
우리는 서로 고향이라 부르겠지

안춘화

박음질 된 입

유혹에 빠지다

도둑잡기

2017년 《인간과문학》 시 등단

시집 《발화석의 기억》

박음질 된 입

박음질이 된
재잘거리던 그녀의 입
음소거되는 말 우리 안에 갇힌다

춥고 고독한 유배지
우울증의 동굴
광합성을 못한 웅크린 생각들
박음질 사이로 삐져나오는
거친 짐승의 울음
방전 되어가는 여린 모정

젖을 물고 올려다보는 아이의 맑은 눈
방긋거리며 내미는 고사리 손
그제야 되찾은
잊고 있던 어미의 시간

박음질
툭, 터지고
아이를 태운 고삐 풀린 그녀의 말
재가닥 재가닥
태양을 향해 힘차게
달린다

유혹에 빠지다

목을 탐하는 유혹의 눈빛

가로등이 별들을 끌어오고
골목의 밤이 내려앉은 담벼락을 세우자
재봉틀 돌리는 빗줄기 박음질이 야무지다
몽실몽실 마술을 보여주는 흰구름 스카프
고래를 키우겠다는 욕망이 일렁이는 바닷빛 스카프
이글거리는 태양빛이 레이온으로 감겨오는데
한 장을 고르면 또 한 장이 덤이라 부추긴다

가판대를 스캔하는 반짝이는 눈
런웨이를 걷는 두근거리는 호기심

매장 안 마네킹이 두른 도도한 노을빛
실크스카프

당당하던 워킹 삐끗거리고
실크로드의 유혹
무지개로 빠져든다

도둑잡기

사람은 많을수록 좋다
앞 사람 패를 한 장 뽑아
같은 패 두 장은 내려놓고

포위망이 좁혀들수록 두뇌 회전은 빨라야 한다
가면을 쓴 얼굴들 쫓고 쫓기는
신경전 눈치전 난무에 웃음은 삐져나오고
결국, 잡히고야마는
마지막 패를 들고 있는 도둑놈
한 장 숨기고 나눠가진 47장의 화투놀이
어린 육남매에게 아버지가 가르쳐주던 놀이

색종이와 수수깡으로 만든 팔랑개비
양철조각으로 만든 호루라기
유리로 만든 만화경
밤이면 들려주던 옛날이야기
엄하고 자상하던,,...,

짝들을 만나 스물다섯으로 늘어나
박장대소로 추억놀이에 빠졌다
한결 더 돈독해지는 마음들
오늘 빠진 배꼽 한 됫박과

어릴 적 빠졌던 배꼽들이 만나 반짝이는 밤하늘
아버지 흐뭇한 달빛으로 웃고 있다

양희진

샤갈의 마을엔 언제나 눈이 내리지
연인
저녁 시월 어느날
겨울이 오다, 속초

2017년 《인간과문학》 시 등단
시집 《접속》, 《샤갈의 피안없는 시간》
봄마루시회 동인

샤갈의 마을엔 언제나 눈이 내리지

여보, 눈을 감으면 들려요
사그락 사그락 눈 내리는 소리가

하늘에 흰 당나귀가 뛰어다니고
송아지의 눈 속에 소리없이 쌓이는 눈

여보, 눈을 감으면 보여요
저녁 굴뚝을 오르는 흰 연기들

하르릉 하르릉 소리 내며
염소들이 집으로 돌아가고

울타리 너머까지
밥 짓는 냄새가 나요

여보, 눈 내리는 마을로 가요
여기는 눈이 오지 않아요

눈은 이방인
감은 내 눈 속에만 눈이 내려요

여보, 나는 당신과 화해하고

당나귀와 수탉과 염소들의 안부를 묻고 싶어요

잘 있었냐고 괜찮냐고 토닥토닥
안고 싶어요

내 손등에 눈이 내리고
눈은 따뜻하게 집으로 들어가겠지요

눈을 감으면
샤갈의 마을에는 언제나 눈이 내리고

당신은 우는 듯 웃고 있어요
창가에 우리 고단한 몸을 누여요

눈을 감으면
지붕에서 하늘까지 차오르는 흰 눈들

연인

숲으로 난 문을 열면
숲은 사라지고
파이프를 문 남자가 얼굴도 없이 서있지
어디를 바라보는 걸까
찌끄러진 시계가 가끔 째깍 될 때도 있어

까무룩 저녁별이 내려다 보던
그 때
어쩌면 너랑 입맞춤 할 때 조차
숲으로 갔는지도,
열리지 않는 문앞에서 너도,
서성거렸을까

생각은 했어
간절함을 동그랗게 말아서
너무 빨리와 폭삭 늙어버린
입맞춤이
숲으로 걸어 들어가
흰 천으로 덮여지고
다른 문으로 걸어나가
달아나는 영원,

나는 무심히
바라보고 있었지

저녁 시월, 어느 날

혼자 걷는다
같이 걸을 때에는
들리지 않던 것들이
불쑥 말을 건넨다

미처 따지 못한 참깻잎이
노시인의 신부처럼 늙어가고
남은 호박잎들은 남루하다
여름날에 탱탱했을 노란 잎은
바람 속에서 시들고
폭포처럼 쏟아지던 물줄기는
나비물처럼 흩어져
물기가 없다

보이지 않던 것들이
손 내밀자 나는 젖는다
나는 흔들린다

혼자 걷는 길
가을이 따라오며 말을 건넨다
이봐, 너무 슬퍼하지 마
아직 단풍은 다 지지 않았어

겨울이 오다, 속초

한줄기 빛이 스미듯 들어와
잠을 깨운다

무엇일까
커튼을 열면

미처 바다로 나가지 못한 바람이
가르릉 어젯밤에 대해 얘기한다

밖으로 나오지 못한 말들이
발갛게 물든 하늘에 갇혀

주홍빛 홍시로 번질 무렵
툭,

11월 차고 푸른바다에
붉은해가 직선으로 들어와 박힌다

나는 이윽고 해를 받아 안고
한발짝 바다로 나간다

끝없이 펼쳐진 바다 호청위에

어젯밤 갇혀있던 말들과

미처 나가지 못한 바람과
밤하늘에 떠있던 반달이 물결친다

커튼을 열면
차고 푸른바다가 부르르 몸을 떨며

가을을 밀어내고 있었다

이노나

그림자

친절한 조소

너의 얼굴에서 가만히 손을 떼면

함정 : 키클롭스

다른 기억

시집 《마법가게》

그림자

어디에 있건 너는 그림자를 가졌다
나무 모양이기도 했고 안개 모양이기도 했으며
아주 가끔 벽이었지만 대부분 무의미한 소리였으니
불쑥 튀어나왔지만 움켜쥘 수 없을 만큼
연약했다 어디서건 너는
보았지만 구분할 수 없었다

그림자는 밤이 깊을수록 빛났고 대낮엔 오히려 선명했다
그것이 무엇인지 너는 알고 있었다
깊은 밤보다 어두운 그림자가 다정히 눈을 뜨면
비밀은 드러나고 오해는 깊어질 때였다

너는 아무것도 하지 않았다
많은 약속들이 있었고 어떤 것은 그저
순간을 넘길 맹세에 불과했다

너는 언제부터인가 조금씩 찢어지는 소리를 들었다
너의 오른쪽과 왼쪽 그 어디에도 없다가 함부로 있었다
단순히 은닉하는 버릇일 뿐
너의 저급한 변명은 낡고 더러워질 것이다
그리하여 너는 가만히 눈을 감는다
어디에도 그림자는 밤보다 어둡다

친절한 조소

너는 보도 난간에 기대 무엇인가를 보았다
그때 오래 젖어 남루해진 냄새가 훅 끼쳤다
정오를 겨우 지난 시간이었다 금방이라도
비가 쏟아질 듯 어둑해졌다 예기치 않은
불신을 피해 어디론가 뛰는 사람들을 따라
내가 너의 손목을 잡으려 몸을 돌렸을 때
너는 몸은 꼼짝하지 않은 채 입술을 우물거리며
무슨 말을 하는 것처럼 보였는데 나는
묵직해진 공기에서 너의 목소리를 골라내지 못했다
말의 물결은
왜곡되어 서로의 음절을 잡아먹었다 그러다가
천천히 하나의 덩어리로 뭉쳐져 내게는
기괴한 웃음소리처럼 닿았다 너는
한쪽 뺨을 움찔대더니 손을 들어 내 등 뒤를 가리켰다
뛰어난 솜씨로 빚은 시간이라든가
몇 가지 유형의 리듬으로 굴러오는 쓰레기라든가
로맨스와 고백이 뒤섞인 허풍의 파편 정도만 어렴풋
짐작했을 뿐이었다 결국
이마를 때리는 모난 것들에 마침내 이렇게 되었어 라는
너의 그 짐작할 수 없어 무의미한 말만 가득하였다
나는 어떤 것도 보지 못했고 아무 말도 하지 않았다

너의 얼굴에서 가만히 손을 떼면

달은 느릿느릿 부풀어 올랐다
골목 바닥이 가끔 반짝거렸다
숲은 어둡지 않았다
더욱 짙은 네가 있었다
너의 얼굴에 가만히 손을 대고 있으면
내가 거기 있음을 알았다 오늘도
너는 내 손에 닿아 작은 매듭을 만들었다
대부분 나의 경향이었지만 어떤 것은
너의 좌절된 시간이거나
협소한 탁자 위에 놓인 커피 잔처럼
위태로운 충만이었다
오래된 매듭들은 저절로 풀리기도 했다
너는 보지 않았다 이유를 나는 묻지 않았다
불을 켜지 않아도 매듭을 지을 수 있는 밤이면
우리의 시간은 조금씩 쌓여 무뎌졌다
접혔던 부분은 닳아 거칠어졌고
비가 오지 않아 비를 맞지 않았다
일어났지만 떠나지 않았고
글자를 뒤집어쓰고도 알아채지 못했다
몇 발자국 저 문은 우리의 것이 아니었다
그렇게 믿기로 했다
어느 방향으로든 엉키는 것들이 있어

흔적 위로 작은 강물이 흘렀다
너의 얼굴에서 가만히 손을 떼면
비로소 내가 거기 없음을 알았다
달이 거뭇거뭇 울었다

함정 : 키클롭스

한쪽 눈을 떴을 때 천장의 무늬는 겹쳐 보이지 않는다 침대에 누워 두 눈으로 바라보는 천장은 아라베스크풍으로 기발하게 꽃피운 작고 미세한 선과 선, 지나치게 서로를 간섭하며 자신의 금을 두 개 혹은 세 개까지 부풀리는 선, 그것은 가로와 세로 혹은 모든 대칭적 도형이 선사하는 전형적인 난장판 그러나 오늘 지금 여기 대체로 내 방이나 다른 한편으로 온전히 낯선 곳에 누워 단정한 천장을 바라보는데 어쩌면 한쪽 눈은 쓸모없을지도 모르겠다는 생각을 한다 "모든 필멸자와 불멸자 위에 군림하는, 지혜의 신에게 천둥과 번개를 선물했던, 강인한 정신과 위대한 신체의 힘을 가진 그들은 위풍당당했고 이마 한가운데 하나의 눈을 가"진 키클롭스처럼 나는 한쪽 눈을 감은 채 침대에서 천천히 나와 거울 속 나의 한쪽 눈을 정성 들여 지운다 자랑하고 싶을 만큼 산뜻한 하나의 눈, 경쾌하고도 선명한 하루 그리하여 모든 절망은 더욱 확실해졌고 아름다운 결말은 낯선 농담이 되었다 나는 한쪽 눈을 끔뻑이며 무늬 없는 하늘을 쳐다보았다 멀리 바람이 달려왔다 그리고 나는 도처에서 한꺼번에 일어나는 사물의 경계가 일제히 뭉개지는 것을 알지 못했다 나는 그 어디에도 속하지 않는 아무것이었다

다른 기억

당신은 행복했다 당신이 어디에서 시작되었는지 아무도 몰라서 모든 것이 반짝였다 마주치는 바람 한 조각조차 예전 당신이 알던 것이 아니었다 바람 끝에 묻은 향기는 예전에 당신이 맡아 본 적이 없는 것이었다 당신은 당신의 뒷골목 젖은 신문 끝자락 광고에서 보았던 보라색 향수병에서 이런 향기가 나지 않을까 상상했다 당신은 좋은 사람이 되고 싶었다 연습해 둔 미소를 까먹지 않았다 그래서 이제는 웃는다고, 운다고, 기분 나쁘다고, 더럽다고 맞지 않아도 되었다 날파리처럼 꼬이는 운명이라든가 의미 없이 들락거리는 불행이라든가 그러한 것들을 모조리 이용해 먹으려는 체념이라는 안부를 견디지 않아도 되었는데 조금씩 불안했다 아무리 기다려도 내일이 되지 않는 날이었다 심심함이라는 단어를 이해하지 못했던 당신은 초조했다 유리창에 성에가 두꺼워졌다 당신은 닦을 수 없었다 당신의 방에 거칠고 차가운 바람이 불어 유리창 너머에 생긴 성에였으므로, 설명할 수 없는 짧은 멈춤과 완벽한 도약 뒤에 반드시 찾아오고야 마는 추락을 당신은 이미 전해들은 뒤였으므로, 당신의 몸이 아직 바닥에 닿지 않았음을 알고 있었으므로, 그럼에도 당신은 행복했다고 말하고 싶었다 간절한 시간은 당신을 살짝 비켜갔다

이영애

억새꽃
구름 걷히다
2020년 봄을 찾아서

2017년 《인간과문학》 시 등단

억새꽃

날아갈 듯 뱅글뱅글 돌다가
곤두박질도 치다가

바람 불면 부는 대로
멈추면 멈추는 대로

군말 않고 넘어지지 않고
그냥 흔들리며 서있다

노을이 은빛 머리카락에
불을 당기면

활활 태우고 있다

한 줌 재 남기지 않으려
제 몸 사르고 있다

구름 걷히다

해 뜨고 바람 불고 구름 걷히자

누군가는 당황했고
누군가는 숨어들었고
누군가는 달아났습니다

누군가의 민낯이 드러나자
누군가는 분노했습니다

나 혼자 텅 빈 하늘을 바라볼 뿐

2020년 봄을 찾아서

오랜만에 밖으로 나온다

웃고 있는지 울고 있는지
도무지 알 수 없는 복제인간들을 만난다
나도 그들 중 하나다

냄새가 사라진 거리
서로 눈길조차 마주치지 않고
가해자와 피해자로 나뉘어
숨바꼭질을 한다

개나리가 벚꽃이 진달래가
언제 피었다 졌을까 ?
유채꽃밭은 튤립 모가지는
언제 갈아엎고 잘려 나갔을까
봄이 뭉개지고 잘려나갔다

북한산 둘레길
철쭉 속에 숨어 가까스로
숨을 고르고 있는 봄

향기를 잃은 이 봄

아픈 기억도 추억으로 남을까

이인환

망초와 개망초

아모르 파티

유통기한

2019년《인간과문학》시 등단

시집《태어나다》

망초와 개망초

아무리 꽃을 들여다보아도
식별하기가 쉽지 않다

백과사전에는
크기나 모양 줄기의 밀도 등
차이가 있다고 하지만

내가 보기에는
똑같은 모양
똑같은 크기
똑같은 색깔이다

그래서
내 눈으로 식별하는 것은
포기하고
마음으로 추억으로
구별하기로 했다

망초대를 꺾어서
휘휘 돌리며
이리 오면 이밥 먹고 살고
저리 가면 똥물 먹고 죽는다

이렇게 노래를 부르면
영락없이 잠자리가 망초꽃 속으로
사뿐히 들어와 앉는다

망초와 개망초를 구별하는
방법은
잠자리가 결정한다

아모르 파티(運命愛)

나뭇잎이 기어가길래
살짝 들춰보았다
등에 짊어진 나뭇잎이 제 키의
몇 배도 넘어 보이는데
무겁지도 않은지
조그만 몸으로 잘도 기어간다

마치 종이배를 타고 가는
개미를 닮았다
일엽편주를 타고 항해를 하는
인간의 마음이나
종이배를 타고 가는
개미의 마음이나
항해를 하는 것은 똑 같을까

서울역에서 보았던
신문지 한 장에
의지한 노숙자의 눈동자나
커다란 돌덩이를 지고 올림푸스 꼭대기에
오르면 다시 떨어지는
시지프스의 땀방울이나
매 한가지

삶은 묵묵히 앞으로 나아가는 것
그냥 견디는 것
버티는 것
저항하지 않는 것

유통기한

정류장에서 기다리는
차는 오지 않고
반갑지 않는
비가 내린다

쓰고 있는
우산 아래도
빗방울이 똑똑
떨어진다
비만 안 온다면
당장
버리고 싶다

버리고 싶은 것이
어디 우산뿐이랴
유통기한 지난 것이
한 둘이랴 싶지만
그래도 혹시
쓸 만한 것이 있을까
항상
두리번두리번
기웃거린다

미련 때문에

이정이

지평선

눈물샘

낡은 문

2019년 《인간과문학》 시 등단

시집 《숨은 꽃》, 《외딴섬》

수필집 《푸른 기와집》

지평선

끝이 없는 하늘
끝이 없는 대지
서로 닿을 것 같지만
닿을 수 없는
직선의 경계는
해가 질 때의 붉음이
더 황홀하다

끝없이 만날 수 없는
누워있는 두 개의
젓가락처럼
하늘과 초원이 맞닿은
푸른 평행선

끝없는 길을
끝없이 간다
끝이라도 가고
끝이 아니라고 해도 간다

말이 없고
영원히 만날 수도 없다
기울지 않는
직선의 지평은

끝없는 하늘이요
땅이다

눈물샘

눈을 비비며 눈샘을 뜬다
하루에도 수백 번
잠 못 이루며 베갯머리에서
밤새 하얀 손수건으로
끈적거리는 투명한 물기를 닦았다
눈꺼풀이 소르르 내려와
의지 없는 눈을 자꾸만 덮는다

진눈깨비가 휘날리는 하늘의
눈잔치에도
구름은 우울하게 찌푸리고
검게 하늘을 덮어간다
구름의 눈두덩이도 많이 부어
빨-개진다
뜨이지 않은 눈을 뜨려고
눈은 눈물을 찔끔거리며 흘린다

눈에 실구름이 어렴풋이
쳐진다
는개비가 눈두덩 위에 내린다
자드락 논두렁 곁에 움푹 패인 샘
건조하고 메마른 샘

인공눈물 한 방울로 축축해질까

비가 긋다~

낡은 문

바람이 분다
형체도 냄새도 없는 바람이
무턱대고 분다
문틈으로
바람 들은 문들이
덜컹거린다
밤새 앓는 소리로
신음을 내지르고
콜록 콜록 기침도 하고
닳고 헐거워진
너덜너덜한 모서리를
덧바르고, 싸매고
문 안은
바깥세상의 일은
알 바 없어도
덜컹거리며 숨구멍을 내주고
생기를 받아 살고
문 안쪽에서
고른 숨을 쉰다
문 밖 쪽
낡은 내 몸을 향해
스러지는 내 영혼을 향해

이정태

낙엽의 이름

지의류

흰돌멩이

정겨운 유골

숲 속에 길이 있다

2020년 《인간과문학》 시 등단

단비문학 동인, 인터넷시 동인, 시인통신 회원

낙엽의 이름

나무여
나에게 옷을 나누어 다오

땅이 말한다

겨울 무서리에
얼어터지지 않도록
너의 핏방울 나에게 떨구어 주면

나 또한 너의 뿌리를 감쌀
옷이 되리니
세상 따뜻이 안아줄 땅옷(地衣) 될테니

나무여 나에게서
너를 가져가 다오

지의류地衣類

나는 곰팡이로다
나는 버섯이로다
나는 이끼로다

나는
꽃도 열매 갖지 못하였으나
곰팡이의 몸으로 집을 짓고
조류藻類의 힘으로
밥을 지으며
태초부터 견뎌온 끈질긴 원생原生

나는
공생共生이로다

흰 돌멩이

낙엽 수북한 숲길에
불쑥
흰 돌멩이 하나 보았네

세상 복잡한 길에
불거진 내 인생 같아
주워 들었네

큰 비 온 뒤
내려오는 알몸뚱이 산 길
하얀 돌멩이 너덜길

지고 오던
하얀 돌멩이
내려놓고 왔다네

정겨운 유골

나무가 쓰러졌다
사그라져 간다

육신을 누인 자리 어디였던들
무덤도 비석도 없이
기꺼이 썩어가는 자리

나무가 돌아가셨다
숲 속
어린 나무들 아래

숲 속에 길이 있다

산 속 물길 따라
숲길 흐른다

숲길 고요 따라
생각 흐른다

어디서 와서 어디로 가는지 모를 길
언제 끝날지도 모르는
인생길

숲 속을 걸어가고 있다
숲에 누워 있다
숲이 되어 있다

정달막

쑥부쟁이
개망초
나의 지팡이

2019년 《인간과문학》 시 등단

쑥부쟁이

산기슭 바위 곁에
홀로 핀
연보라 쑥부쟁이

여리고 여린 작은 몸매
지나던 갈바람이 한들한들
흔들어
맵시 한 몫을 더하니

묵직한 바위의 가슴이
두근두근 흔들흔들
바라보는
시선이 그윽하다

따뜻한 마음 마주 잡은 손
끝없는 무언의 속삭임에

가을단풍 붉게 타오르고
낙엽이 쌓여가는 산길에서

괜스레
허우적대는 발자국이

어느새
가슴에 묻어둔 그 옛날을 걷고 있다

개망초

아파트 옆 공터
녹슬어 내 버려진
폐품 사이사이 새하얀
개망초 꽃이
팝콘 마냥 터져 있다

개 자로 시작되는
이름 달고
어디 참된 것 하나 없는데

빈터라면 어디서나 살아남아
날카로운 낫질에도 이를 악물고
살아가는 흔한 풀꽃

두 해만 살다가
저 하늘
하얀 은하수가 되겠노라고
가끔은 노엽고 서러워도
아무렇게나 살아선 안 된다고

이 무더운 햇살에
누구나 반기며 먼저

웃음 건네는 개망초

무리지어 피어 내는
자잘한 송이송이마다
별의 꿈이 서려 있다

나의 지팡이

점점
혼자가 되어가는 날들이
슬픔만은 아닌 것은

함께하는 너 있음인 걸

그리움이란
닿을 수 없는
저 하늘의 별과 같기에

강물보다 더 많은 눈물로
쓰고 또 지우다
때로는
가슴을 데우기도 하지

아무렴 너는
새로움을 향해 함께 가는

낡지 않는 나의 지팡이

먼 하늘 별에 오가는 사다리

최길순

그 여름

부표

오월 그곳에선

힘듦을 삭히는

7월의 사유

2019년 《인간과문학》 시 등단

그 여름

공간과 공간의 사유
질식할 것만 같은

텍스트가 풀풀 날아간다
미칠 것 같은 언어들

수많은 말들로 채워도
쓸데 없는 넋두리들

허공을 향해 날아가 버린다
긴장의 공허한 여백 ...

생각과 생각의 침묵이
순간을 멈춘다

백일홍 꽃들이 질펀하던
그 여름의 붉은 꽃잎들

빗줄기와 태풍으로 떨어지고
꺾이고 밟히는 모가지들

한껏 밀어올려
가을의 맑은 얼굴로 빛나기를...

부표浮漂

하늘과 땅이 휘청이며 울부짖더니
뚫린 듯 퍼붓는다

직선으로 내리치던 빗줄기는
흔적을 지우며 부유물처럼 떠돌고

거무칙칙하던 하늘은 처연한 그 빛
선홍빛으로 물들어가네

어둠은 허무를 삼키며
고독의 적막에 눕는다

누가
하루하루를 또 하루라 했던가

지친 세월은 창살 없는 감옥을 만들고
불확실한 미래는 긴 터널을 달리고 있다

끝도 없이 떠도는 절름발이 늙은 새는
부표浮漂를 찾아 허기진 날개를 접는다

오월 그곳에선

하늘 가까이
멈춰 선 엘리베이터
나선형의
좁은 계단을 위태롭게

오래된 적막의
빗장을 풀어 젖히면
틈새 바람이 훅 가슴을 친다

하루를 지우며 식어가는 해 그림자
파릇한 잔디 사이사이
어떻게 날아왔는지 곳곳에 작은 씨앗들

모퉁이를 돌아보면 무너진 담장
사이사이로 삐죽이 얼굴 내민 들꽃
햇살 한 줌에 이슬 한 방울

웅크리고 그 속을 환히 들여다본다
부스러진 흙더미 사이로
건장한 개미 한 마리
뒤뚱뒤뚱 뒷다리가 잘린 것이야
무시로 사방에서 달려드는 바람 때문이라고

어쩌면 그리 지치지도 않고
아무도 돌아보지 않는
너만의 그리움이었구나

힘듦을 삭히는

희붐한 새벽길에
사람들이 밟고지나간 흔적을 따라
어린 담쟁이 손들을 보았다

그 높고높은 시멘트벽을 거침없이 넘어와
더 이상 오를게 없자
고가로의 차길로 뛰어들었다

달리는 차도 위험한 상황
험난한 길 상처투성이로 남아도
그래도 그들은 개의치 않는다

녹색의 손가락들이
천 갈래 만 갈래 뻗어나가
진이 다 바져나가 바스러 질때까지

그들은 갈 수밖에 없었을테니까

밤새 거리를 떠돌던 안개는
그들이 보낸 신호를 들고 어디에 닿을까

거침없이 쓸어가는 썰물에

아마도 흔적은 난파되었을지도

그래도
한치의 망설임도 없이 다시 또 그 길을 간다

7월의 사유

한낮 목마름에
터지는 장미의 붉은 입술
폭음의 시련이 건네주는 선물인가
구멍난 잎 사이로 바람의 살랑거림
푸르름 뚝뚝 떨어지는 초록의 질감
이 모든 것들의 탄성 속에
옹골차게 익어가는 너그러움

그 하늘 아래
어찌할 수 없는 부끄러운 진실
머뭇거리며 쏟아낸
질척이며 휘청거린
세상은 늪 같아라

비가 오면 비를 맞고
바람이 불면 마음을 열어
성근 눈빛으로 마음 다잡고 삭히며
맑은 바람으로 살아야 하리...

피귀자

난간에 매달린 사랑

꽃잎 하나 떨어졌을 뿐인데

오후 한때

잿빛 시대

모자의 버릇

2018년 《인간과문학》 시 등단

2003년 《수필과비평》 수필 등단

2014년 《창작에세이》 평론 등단

수필집 《종이날개》, 《그대에게 가는 길》

대구문인협회 수필분과위원장

한국수필가협회 운영이사

난간에 매달린 사랑

저도 푸른 바다 위 붉은 다리 난간에
풀지 못할 몸들이 굴비처럼 엮였다
남녀의 이름을 짊어진 각양각색 하트그림 자물통
반짝이는, 때가 묻은, 색이 바랜, 녹이 슨
주연은 둘 제목은 하나같이 불타는 사랑

새봄 같던 그 마음들
활어처럼 싱싱한 사랑 오늘도 안녕하신지
아득히 흐려질 사랑의 시작점
천년이 하루 같을 구속
눈이 붓도록 울고 있을 족쇄
지금은 확인할 길 없는 사랑 사랑

던져 주는 대로 열쇠를 받아먹은 바다는 시치미를 뚝 떼고

꽃잎 하나 떨어졌을 뿐인데

꽃이 진다
그대를 향한 낯선 혼잣말

끝내 오지 않는 사람
기다림은 길목마다 서 있다

꽃잎 하나 떨어졌을 뿐인데
외줄처럼 흔들리며
가만가만 돌아가는 발걸음

바람이 오고 그대가 가고
벤치 위에 어둠이 내린다

목련 꽃잎들 하얗게 계절을 건넌다

오후 한때

재래시장 활어 회 골목
전어가 제철이다
납작 엎드린 광어는 눈알만 돌아간다

힘이 넘치는 숭어가
몸집보다 부실한 고무다라에서
아가미를 벌렁거린다

식욕을 드러낸 손끝에 찍힌 숭어
좌판 아지매가 휘두른 뜰채를 벗어나려고
버둥대는 필사적인 지느러미 산줄기처럼 완강하다

옆 통속의 다른 놈들
덩달아 후다닥, 달아날 구석이 없다
물벼락 맞은 구경꾼들이 대신 소리를 질러주고
손맛 제대로 느낀 아지매만 꿋꿋하다

영화 속
덮치는 그물에 포획 당해 몸을 뒤틀던
절규하며 쓰러지던 남자, 거기 엎드려 있다

숭어를 빠져나간 비명이 가지런히 썰려

접시에 올라와 있다
회를 뜨러 밀려드는 사람들로
남은 오후가 또 북적인다

잿빛 시대

아름을 부르는 순간
하늘이 미간을 찌푸렸어
허공을 버리고 짙게 내려앉은 한 무리
저 멀리서 달려와 한꺼번에
몸을 던지는 서걱대는 마른 안개 떼
저 작은 티끌이 하늘을 끌어당긴다

길을 버린 회색 기류 국경을 넘자
갑자기 늙어버린 잿빛 사람들
불쾌한 골짜기로 빨려 들어간다
흔들거리는 안경다리
달아난 나사못을 생각하고
태양도 무거운 엉덩이를 들어 올리지 못하고

떠오르다 가라앉는 산, 도시가 소파 속으로 묻힌다

'삼한사미三寒四微'
대신 숨을 쉬는 공기청정기의 칼칼한 목
파고드는 먼지 황사와의 전쟁을 위해
얇팍한 무기 마스크를 장착하고 길을 나선다

코로나, 집요하게 늘어지는 근심의 그늘

잊고 있던 문맥이 꼬리를 무는

외출을 지우고 싶어지는 까칠한 봄날이다

모자의 버릇

마리 하나를 점령 하는 일
온전히 둥지를 트는 일, 평생의 소원이라 여겼지
그와 햇살 나누어 쓰기
촉감 베끼기
이동 중에 중심 잡기
함부로 고개 숙이지 못하게 가끔씩 주의 주기

된 바람이 어디를 향하든 상관없지
잡아주는 손이 있으니까
대신 그의 체온을 책임 져야 해
우리의 숲이 완성될수록 세상은 더욱 따뜻해지지

그의 외출이 나를 택한 건 나에 대한 믿음이야
외출의 마무리
이제는 모자도 패션이지

손끝이 바람 소리를 듣는
꼭대기엔 볼 것이 너무 많아
하지만 미처 손길이 따라가지 못해 추락의 위험도 있지

그녀가 나를 사용한 순간
그녀의 나이가 모자 속으로 들어왔어

한성근

부지불식간에

이별 그 이후

장맛비

터미널에서

장미꽃이 지다

2018 년《인간과문학》시 등단

시집《발자국》,《부모님 전 상서》

부지불식간에

맺힌 땀방울로 범벅이 된 사람들이
어둠에 쌓인 더 외로워진 밤으로
무릎을 껴안은 채 옮겨 간다
외로 기울어진 잠결에서도
이제는 빈 둥지만 남아
나오지도 않는 긴 한숨 몰아쉬는데
하루살이 같은 한뎃잠 뒤로 한 채
어느새 자취를 감춘 가슴까지
차오른 수심 깊은 싸늘한 밤에
놀란 눈망울 둥그렇게 멀어져 가고
메아리만 남겨진 목메인 소리소리
기억해낸 눈물겨운 시간들은
희미한 불꽃을 성큼성큼 토해낸다
기척도 없이 불시에 들이닥친
끝 모르는 길에서 지난날 귀 기울이던
꿈같은 모습에 넋을 놓았다 할지라도
변한 것은 그냥 그대로 아무 것도 없었다

이별 그 이후

나는 멀어지는 너의 뒷그림자를 보고 있었고 너는 나의 따뜻한 눈초리를 의식한 채 천천히 비틀거렸다 초점 잃은 너의 눈에서 검은 눈물이 쏟아졌고 차오르는 울음에 길이 흔들렸다 봇물 터지듯이 사정없이 흘러내린 눈물에 신발은 젖어드는데

오가는 차량들 사이에서
힐끔 곁눈질하는 사람들

차라리 이럴 때는 이름을 지우고 얼굴을 지우고 흔적을 지우고 기억을 지우고 나를 지우고 끝내는 너마저 지워 버릴 소나기라도 한 줌 시원하게 내려 주면 붉어진 눈빛은 기세가 한풀 꺾이겠지

단 한 번도 빠짐없이 내 편인 것 같지 않았던
재회를 기약하는 마음 아무것도 오간 데 없어
필연과 우연의 사이에서 막 빠져나오는 지금
어제와 오늘과 내일은 맞닿은 듯이 반복되고

장맛비

한 치 앞을 못 보는 어둠 속에서
빗방울끼리 뒤엉켜 뒤틀린 발목을 잡는다

잔뜩 물먹은 두 발이 이대로 가면
어느새 녹이 슬어 바스라 질 듯
숨이 막혀버릴 것 같다

떠날 때 잔뜩 짊어진 보따리가
버린다고 버렸어도 여기저기
어깨 위에서 고갤 내미는데

어둠은 짙어 가고 빗줄기는 빗발친다

어서 빨리 내려놓으라 후려쳐도
움켜쥔 두 팔 아무렇지도 않은 듯해

견디다 못한 지친 발목에 빗금 그어져
몇 발자국 휘청거리다 주저앉아 버린다

겁에 질린 잡동사니들 무사히 풀려나와
빗 속을 헤매다 어느 친절한 사람의
왼손도 모르는 오른손에 걸려 버려지겠지

희미한 불빛 다가와 맨몸뚱이만 들쳐
메고 사라지는데 무정한 눈부처는
아무 것도 기억하지 못한 체한다

지면의 온기마저 사라지고 일그러진
허공에서 빗줄기는 발길질을 해대고

사나흘 더 내릴 것이라고 으르고 있다

터미널에서

노인 인구 많다는 남쪽 바닷가
속 깊은 시외버스 터미널에는
세월 바쳐서 아들딸 키워 온
곰삭은 사람들로 꽉 차 있다

좁고 낮은 가장자리 맴돌던
청춘을 짊어진 새내기들이
꿈 많은 풋풋한 바람 타고
분주히 흩어져 떠나간 뒤로
파도처럼 밀려오는 차 창에
기다림의 먹먹함 어른거린다

끊긴 소식 하염없이 낚아채 듯
개표소 안 오고 가는 젊은이를
애처롭게 바라보는 노인네들이
가슴속 아픈 응어리 보듬는 동안

말없이 숨겨놓은 지난 날 사연
가녀린 얼굴 타고 흘러내려
주름진 가슴 가득 채우는데
모진 풍상 거슬러 견뎌낸 세월
애지중지 어떻게 키운 자식인데

아무 탈 없이 지낼 것만 같아

차라리 무소식이 희소식인 게야
할 수 있는 일은 기다리는 것뿐
등 굽은 아내의 손을 꼭 잡으며
깊어 가는 하루 마침내 내려놓는다
내일은 기쁜 소식 오겠지 빌어보며
터벅터벅 쓸쓸하게 걸어가는 노부부

상심한 듯이 들고나는 바람에
언젠가 우리 모두의 자화상인 양
썰물처럼 텅 비어 숙연해지는 마음
저만치 저물어 가는 쓸쓸한 길에
젖은 노을이 고개를 떨구고 있다

장미꽃이 지다

거침새 없이 고운 자태 자랑하던
꽃송이들이 환한 광채를 잃어간다
계절의 여왕도 자존의 절정을 지나면
날개를 접은 초라한 촌부의 그늘처럼
세상의 눈에서 한순간에 멀어지는구나
장밋빛 미래 영원을 꿈꾸던 사람들도
외로 지나 바로 지나 스러지는 꽃잎을
공연히 외로운 마음으로 바라보는데
허공에 번지는 긴 한숨같은 가느다란
화려했던 날들의 기척도 없는 기척에
문득 처연하게 떠오르는 얼굴 하나
선뜻 나아가지 못한 낯선 이별 앞에서
다시 오기 위하여 오직 떠나는 것이다
이제는 한 줌 향기로 남겨진 꽃 진 자리
저만치 붉은 담벼락 에돌아 지나치며
머뭇거림도 없이 미명에 길을 나서는
앞서가는 바람의 휘청거리는 뒷모습
저 혼자 우두커니 바라보고 있다

홍의선

전화번호 수첩

파리와 나의 거리

감추고 싶은 기억

반려 라디오

썩은 물

2020년 《인간과문학》 시 등단

전화번호부 수첩

책장을 정리하다가
예전 전화번호부 수첩을 발견했다

큰딸이 어릴 때
알아보기 힘든 글자를 써놓고
그림을 그려놓았던 것으로 보아
삼십 년은 넘었을 것이다

ㄱ에서 ㅍ까지 한 장 한 장에
빼곡히 담아놓은 이름
이름마다 그 사람이 떠올려지는데
어떤 이름은 기억조차 나질 않는다

오랜 세월 속에
전화번호는 다 바뀌었겠지만
그래도 혹시나 하며
걸어보고 싶은 이름 하나 있다

한때 마음에 깊게 새겼던 사람

불쑥 전화해서 연결된다 해도
그 얽혔던 사연 풀어낼 수 있을까

파리와 나의 거리

창문으로 들어온 파리 한 마리
방안을 빙빙 돌고 있다

나는 파리를 내보내려고
창문을 활짝 열어 놓았다
그것도 모른 채 방안에서 웽웽거리는 파리

문이 열려 있다고
아무데나 들어가는 게 아닌데

나도 한때 술집 독에 갇혔다가
간신히 빠져나온 적이 있다

감추고 싶은 기억

화선지에 내 얼굴을 담고 있는 화가
잘 그려줄까 표정을 살피는데
어찌 알았는지
혼으로 그리니 염려 말란다

참숯을 손에 들고 바삐 움직이면서
사주 명리학 공부를 한 적이 있었다고 말하는 화가
자꾸 내 얼굴을 빤히 들여다보니
내 속까지도 훑어보나 싶어
난 애써 미소를 지었다

드러내고 싶은 것 보다
감추고 싶은 것이 더 많았던 내 삶
화가가 자기 눈을 똑바로 쳐다보라고 할 땐
괜히 눈길을 아래로 깔았다

완성된 인물화가
내 얼굴이 아닌 것 같아 만족한 표정을 짓지 않자

손님한테 풍기는 기운과 영혼까지도 담았으니
보면 볼수록 본인 얼굴로 보일 거라며
환하게 웃는다

그림 속에 감춰진 주름 사이로
텅 빈 슬픔의 기억들이 노을처럼 붉게 빛난다

반려 라디오

둘째 딸이 중학교 다닐 때
글짓기 대회에서 상품으로 타왔던
카세트 라디오

지금은 켤 때마다 지글거리고
윙윙거려서
또렷한 소리가 들리지 않는다

딸은
쓸 만큼 썼으니
버려도 좋다고 하지만

지금껏 뉴스와 생활정보 음악을 들려주며
가족과 함께 늙어온 라디오를 버릴 수가 없다

안테나 감각이 둔해졌다고
주파수 맞추는데 덜덜거린다고
멀리할 수 없는
우리 가족의 추억이 담긴 반려 라디오

색깔이 바래고 못쓰게 되어도
긴 세월 인연을 새기며

오래오래 내 곁에 두고 싶다

썩은 물

아내와 같이 산에 오르다가
길옆에 버려진 페트병을 보았네

색 바랜 물이 반쯤 담겨져 있길래
갇혀 있어 안쓰럽다며
얼른 뚜껑을 열어 쏟아버렸지

아내는 불쑥

자기 속에 갇혀 있는 썩은 물도
후딱 내보내 주라고 하였어

무슨 썩은 물이 몸속에 있냐고 했더니

당신이 언짢을 때마다 나를 트집 잡아
속이 썩어 생긴 물이라고
톡 쏘아붙였네

황병욱

하얀 무지개

장마

물의 도시

소음

2018년《인간과문학》 소설 등단

2019년《전북도민일보》 신춘문예 소설 당선

여행서《앙코르와트에서 한 달 살기》

하얀 무지개

창백한 햇살을 품고
온몸을 떨고 있는 아이에게
별빛이 물었다

“하얀 무지개를 본 적이 있니?”

아이는 별빛의 음성에 다가갔다
하염없이 쏟아지고 있는
긴 침묵의 터널이 아이가 걸음을 뗄 때마다
검은 휘장을 펼쳤다

“푸른 웃음은 지을 수 있어요”

별빛은 아이의 가슴에 맺힌 창백한 햇살에서
쏟아지는 침묵의 다리를 건넜다
아이는 별빛이 지나간 자리마다 달의 호흡을
느꼈다
달이 속삭이는 하얀 입김이 창백한 햇살에 닿았고,
햇살은 아이의 가슴에서 가녀린 비를 뿌렸다

“너는 이제 하얀 무지개를 가졌어”

시간조차 빗겨 흐르는

그리움이 맺혀 있는

손 시린 속울음

장마

어둠이 덮쳤다
바늘구멍만한 눈빛으로 뚫리지 않는
욕망을 후벼 파고 있었다
욕망은 자연의 향기를 닮아
푸른 입술로 하루를 핥았다

“개 섯거라!”

단단한 어둠은 바늘구멍으로 스며들지 못하고,
깃털을 들어 올리지 못한
울음 잃은 새의 날갯죽지에
후…두…둑
눈물이 내리쳤다
지나고 나서야 지워지는 발자국……
세상은 어둠으로,
깨지지 않는 침묵으로
시각과 후각, 청각을 담보 잡았다
긴,
빗줄기
호흡이 뚝, 뚝, 끊어진다
무뎌진 시력의 바늘이 제 살을 파고든다

"개 섯거라! 개 섯거라!"

먹지 못하는 어둠이 덮쳤다
기우뚱,

물의 도시

A가 책을 집어 들었다
물방울이 맺혔다
한쪽으로 기운 당신이 편지를 쓴다
A'가 기울어진 당신을 집어든다
기억을 담은 기포가 올라왔다
사서는 빈틈을 채우는 대신 서고의 책을 한쪽으로 쭉 밀었다
두리번거리던 호흡이 말라버린 물의 유적지에서 물방울 화석을 골라냈다
한번도 서고에서 뽑힌 적이 없는 당신에게 아가미가 생겼다
A"가 당신의 편지를 펼쳐놓고 사진을 찍었다
당신은 어디든 갈 수 있고, 무엇을 상상할 수 있으며
누구와도 동침할 수 있다
길은 작은 길에서
더 작은 길로,
더 달콤한 저녁 냄새로
더 부드러운 촉감으로
더 상냥한 미소로
마당을 쓸었다
미처 녹지 못한 이지러진 노을을
그리고
흐르지 못하는 사랑을
간단하게 쓸었다

당신의 편지에 숨겨진 물의 도시가
한쪽으로 쭉 쓸려가고
내려앉은 낮빛으로
A가 책을 접었다
접혀진 귀퉁이 갈피에 묻어나는 물이끼
페이지가 이어지지 못하고
당신의 숨이 계곡처럼 흘렀다
푸석거리는 활자들이 와르르 무너지는
서고에는 아직 뜯지 않는 편지들이 가득하다
물속에 사는 것은 어떤 것일까
공포와 시련과 고독과 미련과 허망과 아련함이
하루 종일 비처럼 내리는
오늘이 뻐끔거린다
당신이 갇혀버린 물의 도시
책 한 권을 뽑았다
사서는 빈틈을 메우는 대신 한쪽으로 쓱 밀어버렸다
발이 닿지 않는
바닥없는 허공으로
활자들이 녹아
잊히지 않는 기억들이
편지를 쓴다
기포가 올라왔다

소음

밤늦게까지 골목 노후된 수도관을 헤집느라 소음이 좀처럼 멈추지 않았다 오랜 염증을 들춰내자 짙누런 고름이 흘렀다 마치 잃어버렸던 낡은 일기장을 찾아 펼친 것처럼 꺼내기도 부끄러운 치부가 웅크리고 있었다 소음은 좀처럼 멈추지 않았다 소음은 수도관이 묻혀 있는 골목 아스팔트를 지나 막다른 오한懊恨의 끝 지점에 구멍을 냈다 잃어버렸던 낡은 일기장의 펄럭이는 빈 여백, 조금씩 터져 나오는 부식된 바람, 일기장 갈피에 꽂혀 있던 도착지 지워진 차표 한 장, 에 물든 녹 슬은 하늘, 잦아드는 마른 빗소리, 수도관 따라 흐르는 소음, 살아 있음을, 죽어가고 있음을, 알리는, 북, 소, 리

황희경

2016년 《인간과 문학》 시 등단
시집 《사랑옵다》
한국문인협회 회원
지송시회 동인

염소

흑염소 두 마리가 마주보고 서서 목 빼들고
코끝을 벌름벌름 하늘 냄새를 맡는다
그러다 어떤 통과 의례처럼 순한 뿔을 맞대고 힘겨루기를 한다
밀고, 밀리고 한참을 저러더니
한 마리가 뒤돌아 가버린다
뒤따라 간다
염소는 뿔을 키우며 가끔 힘겨루기를 하며 어른 염소가 된다
해 떨어지자
나란히 옆구리 기대며 어둠을 맞는다
염소야 잘 자거라

동백

절정일 때

작정한 사랑이듯

목숨을 던지는 꽃이

저들 말고 또 있으랴

백담사에서

백담사 맑은 물
서느라운 가을 물 소리
티글 세상 시끄러운 마음자리
고요로 닿은 풍경 소리
저녁 예불 타종 소리
한용운의 별실에서
애절한 여성 어조의
'당신이 아니더면' 시를 읊습니다
제게는 시인 한용운
시공을 초월한 현재진행형의 당신입니다

외할무니

꽃 진 자리
하얀 머리 위고 서 있네

앉은뱅이 경대 앞에서
흰머리 빗어 올리던 외할무니

적멸

쇠도 자를 것 같은 (물리면) 장수하늘소가 누워 하늘을 보며 꼼짝도 않는다

며칠 후 다시 들여 다 보아도 그대로 누워있다

살아생전 하늘을 등에 이고 살아가다가, 죽음을 맞을 때는 등가죽 땅에 붙이고 앞발 뒷발 손 뱃가죽 다 드러내 놓고, 죽음을 맞는다

길손

앙상한 나뭇가지로
이름을 알 수 없는 작은 새가 날아 와 앉는다
찬 겨울
바람뿐인 내 사는 곳에
반가운 길손
두리번 사방을 두리번
부리를 깃털 속으로 가져가 콕콕
쪼기도 하고
문지르며 입가심도 한다
쉬다 가세요
놀다 가세요
심심하면 친구도 청하세요

해후

이사천 물이 양률교를 지나 화포 바다에 닿듯이
내 사랑은 내가 마음 가는 쪽으로 흐른다

소설

이고은
이화윤

이고은

탁주담

2017년 《인간과 문학》 소설 등단

탁주담濁酒譚

날이 흐려지는가 싶더니 빗방울이 떨어지기 시작한다. 창문을 열자 시원한 빗소리가 들린다. 금방 지나갈 소나기일까 싶지만 일기예보에선 소나기가 아니었다. 적당히 세찬 빗소리는 왠지 삼겹살 굽는 소리같이 들린다. 해가 지기에는 아직 멀었다. 하던 일을 멈추고 나갈 채비를 한다.

[오계몽]으로 향하는 중에도 빗소리는 여전히 삼겹살을 굽는 소리를 낸다. 삼겹살에 소주를 먹으면 좋을 것을. [오계몽]의 메뉴에 삼겹살은 없다.

[오계몽午鷄夢: 낮닭이 꾸는 꿈]이라니. 그래서 닭을 팔 것도 같지만 이 집은 막걸리에 파전을 판다. 닭은 없고, 낮술을 마시는 인간들이 모여드는 곳이다. 낮부터 취하니 더하여 꿈몽자도 덧대었다는 사장님의 농담 같은 이름풀이가 인상적이었다. 벌건 대낮에 술집에 들어서며 설마 낮술 하는 사람들이 여럿일까 걱정도 해 본다. 다행스럽게도 한쪽 테이블에서만 낯선 어르신들이 조금 얼큰하게 드시고 일어서실 모양이었다.

조금 구석진 곳에 자리를 잡고 앉으니 사장님이 씽긋 웃으며 사이다부터 건넨다. 아직 일행이 당도하지 않은 탓이다.

특정하지 않은 약속. 그것은 주말 한낮에 비가 오면 [오계몽]에 모일 것. 지켜도 되고, 지키지 않아도 되는 약속이다. 다만 특정하지 않았음에도 단 한번도 깨진적이 없다는게 내심 불안하고, 신기할 뿐이었다. 내가 최초로 깨뜨리게 되는 사람이 될지도 모른다는 사실이 불안하게 하고 착실하게도 지켜나가는 일행의 마음이 당췌 이해하기 어려워 신기해 하는 것이다.

삼겹살이 더 좋았을 것을. 빗소리는 연신 마음속에서 삼겹살을 굽고, 쌈을 싸고, 굽기를 반복했다. [오계몽]의 출입문이 열리고 무엇에 홀리기라도 하듯 출입구 쪽으로 고개를 쭉 뺐다.

"김고래씨, 벌써 와 있었네? 요새 한가한가벼?"

반가운 얼굴로 벌떡 일어나 한선생님을 맞았다. 한선생님은 오는 동안 비를 맞아 어깨도 젖고, 바짓단도 무릎까지 젖어버렸는데도 이 비를 뚫고 [오계몽]으로 온 것이다.

"저야, 뭐 주말에는 대부분이 이렇죠. 비가 와서 들렸는데 역시 [오계몽]에 오니 한선생님 뵙고, 좋네요."

한선생님은 내심 기특하단 표정을 짓는다. 앞서 말한대로 이것은 약속되지 않은 약속이다. 비가 오는 날. 낮에 [오계몽]을 향한 걸음엔 그 약속이 있다. 그리고 여전히 지켜지고 있음에 안도하는 것이다.

"뭐좀 시켜먹고 있지 그랬수. 암것도 안 시키고 사이다만 덜렁 마시고 있으면 사장님이 좋아하시나? 사장님, 여기 막걸리에 녹두전으로 큼직하게 하나 부쳐서 가져다주는 그거. 세트. 그거로 주슈."

가볍게 인사를 나누는가 싶더니 금새 주문을 한다. 막걸리를 막걸리로 부르면 되지, 그것은 막걸리였다가 탁주였다가 또 막걸리가 되기도 하고, 다시 탁주가 된다. 사장님은 얼른 술상을 봐주신다.

"내 이 탁주 한잔 할때마다 꼭 하는 얘기가 있는디..."

한선생님은 아직은 도착하지 않은 김선생님이 보고싶은 눈치다. 이 이야기의 구성이 완벽하려면 김선생님까지 [오계몽]에 도착해야만 한다.

"김고래씨는 김고래씨 양껏만 허유."

한선생님은 작은 사발의 막걸리를 시원하게 들이켠다. 그리고 자꾸만 문발치를 흘깃거린다. 어서 김선생님이 오시기를 바라는 마음은 한선생님이 사발을 꺾는 횟수만큼 더해간다.

-드르륵

몇 번째인지 모를 만큼 사람이 오가고 나서야 김선생님이 등장을 했다. 한선생님은 손을 번쩍 들어 맞이했고, 나 역시 절로 환한 웃음이 터져 나왔다. 한선생님이 싫고, 김선생님이 더 반가운게 아니라 천년의 침묵과도 같던 어색한 순간에서 벗어나는 것이 몹시 기뻤던 탓이었다.

우리의 대화는 정해진 주제가 있다. 그것은 셋이 모였을때만 이어진다. 셋이 되지 못하거나 또 다른 존재가 함께 하게 되면 필히 누군가의 말은 끊어지게 되어있다. 정말 애매한 조합이고, 대화하기 어려운 조합이지만 우리가 해낸데는 공통의 이야깃거리가 있기 때문이다.

김선생님이 자리에 앉고, 자리에 술잔과 수저가 놓이는 것을 보며 녹음기를 켰다.

"그날 비만 오지 않았으면 정말 딱이었는디. 내 김고래씨를 어떻게 꼬셔서 거기까지 데려갔는디, 하필 예보에도 없는 비가 그렇게 와서 일이 이렇게 됐슈."

그날은 한선생님이 고르고 고른 날이었다. 아름다운 지역사를 공부하기에 현장답사만한 것이 없다고, 답사를 한번 나가자고 같이 갈 일행도 있으니 어려워 말라며 얘기하길 수차례 였지만 산이 싫다며 거절하기 또한 수 차례였다. 고래라고 불리는 이유는 여기에 있었다. 고집이 고래 심줄만큼 대단하다며 그리 불리우 게 된 것이다. 다만, 그 고집이 꺾였기에 답사 일정이 잡히게 된 것이었고, 뜻밖에도 하늘이 비를 내려 답사는 취소가 되었다.

"고래씨, 강댕이골이라고 아나?"

모른다. 지역 토박이라고 하기에도, 아니라고 하기에도 애매한 거주경력은 어느 때엔 토박이로 인정을 해주었고, 또 어느 때엔 외지의 이방인이 되기도 했기 때문이다. 크게 나쁠 일이 아니라면 그런데로 따르는게 수월해진다. 그리고 이것은 질문이 아니다. 그저 얘기를 꺼내기 위한 화두 정도로 생각을 하는게 옳다. 지난 몇번의 회합으로 검증이 되었다. 녹음기를 꺼내게 된 이유도 비슷하다. 답사일 당일에 예상치 못했던 비로 퇴짜를 맞은 그 때에, 역시나 준비되지 않았던 그 해산이 몹시 아쉬워 서로 발을 쉽게 떼지 못하던 그때, '술이나 합시다. 술 좀 마시면 되는데로 떠들기라도 하겠지.'라도 입을 뗀 한선생님 덕분이다.

세대가 다르면 공통점이 멀어진다. 그것은 각 세대가 멀어지게 만드는 이유다. 공통점이라는 것이 어떤 것을 공유하는 정도의 교차점 정도면 살아가는데는 크게 문제가 없다. 다만, 그 세밀함 정도를 구분짓게 되는 순간 입장차이라는게 생긴다. 이야기의 주제가 전혀 다른 것이라면 상황은 달라지기도 한다.

"모를수도 있지. 근디 알면 좋지. 우리 지역, 지명 옛이름. 그런거 촌스러워 보여도 그게 그게 아닌규. 고고학이라고 하면 다들 멋진건줄 알잖유. [인디아나존스]가 다 배려놔서 그류. 아니지. 배린게 아니고 속인거지. 다 속았잖유. 근데 그게 영화니께 그런거지. 산이고, 들이고 쑤시고 돌아다녀야 하는게 또 팔,구십 퍼센트유."

짐작은 하고 있었다. 답사 전에 복장 점검을 어찌도 단단히 하던지 어디 에베레스트 산맥이라도 올라가야 하는게 아닐까 생각을 했었다. 어쨌든 답사는 당일 무산되었다. 그리고 그 날. 대낮에 마시는 막걸리에 꾀여 매번 이렇게 비가 오는 대낮이면 [오계몽]을 찾게 되질않는가 말이다. '인디아나존스'는 박학다식한 지식으로 위기를 극복했지만 우리의 답사는 하늘이 허락치 않았다. 인디아나존스는 몹시도 매력적이었으나 우리의 모습은 흡사 땅꾼, 혹은 약초꾼과 비슷한 모습일 것 같았다.

그 날, 막걸리에 흠뻑 취해 오가던 옛 답사의 영웅담 중 수시로 등장하던 독사 얘기는 어째서 '종아리까지 오는 장화가 최고'라고 말을 했는지 단박에 이해가 가게 해주는 에피소드였다. 길이 아닌 길을 만들어 걸으며 남들이 다니지 않던 길을 수백 번을 오가도 인연이 닿아야 뭔가 보이고, 발끝에 닿는 것이라고 했다. 그렇지 않으면 그저 발치에 채이는 돌맹이 같이 걷어차고 다니는 것일 뿐이라고 했다.

"우리 가려던 곳이, 강댕이골이 어떤 곳인 줄 김고래씨가 꼭 알아야 되는디. 그래야 되는디."

막걸리에 말끝이 젖어 들어가기 시작한 한선생님이 말하자 김선생님이 거든다.

"고래씨, 재주가 좋잖유. 그 좋은 재주로 우리 재미난 것 좀 합시다."

재주라는 것이 특별한 무엇이 아니고, 글을 쓰는 일을 말한다. 김선생님과 한선생님이 굳이 현장답사를 미끼로 자리를 마련한 것은 그 재주를 쓰고 싶은 마음이었을 것이다. 굳이 [쓰고 싶은 마음]이라고 표현하는 것은 아직 정확하게 합의를 보지 않았기 때문이다. 재주라는 것에 합의를 보지 않았고, 쓰는 일에도 합의를 보지 않았다. 굳이 따지자면 두 분 선생님은 조금 치사한 세대다. 무엇엔가 끌어들이고 슬그머니 맛보인다. 그리고 스스로 맛봤던 그것을 다시 찾을 때까지 기다린다. 무언가 떠오르지 않나? 이건 마약상의 판매 방법이다. 원래 고전적인 수법은 통계적으로 검증이 되었기 때문에 자꾸만 쓰는거다. 검증받은 무언가는 효과가 확실하다.

"제 재주라는것이 호불호가 참으로 극명합니다. 좋아하는 사람들은 그 이유가 분명하고, 싫어하는 사람들도 그 이유가 분명합니다. 그리고 그 이유라는게 둘다 똑같아요. 그래서 쉽게 잘 나서질 못하겠어요."

글 값은 둘째치고, 재주라는 것에 호불호가 있으니 장담 또한 할 수가 없었다. 이것이 분명 좋은 결과를 낳을 것이라는 장담. 기대 같은 것 말이다.

"재주를 쓰고나서 고민해야지이! 그걸 미리 고민하면 뭐라도 나오는 줄 아나!"

김선생님이 꾸짖듯 말하며 잔을 들었다. 옆에 한선생님도 서둘러 잔을 마주 댄다.

"모든게 쉬운게 없지. 어려운거 알지. 고래씨가 어려운거 알고, 우리가 다 알지. 그래도 하고 나서 결과가 나와야 다시 뭘 하지. 우린 재주가 없어서 공부만 하고, 산이나 타고 그러는거 아니유."

이렇게도 말을 잘하시는 분들이었는데 어째서 맨정신엔 그렇게도 말을 아끼시는 것인지 모를 일이다. 재주가 없어서 공부만 하고 산이나 탄다니.

우리가 마치 어떤 회담을 하듯, 하나의 주제에 대해 이리 진지하게 얘기할 수 있는 것은 오래도록 하나에 집중해왔기 때문에-강댕이골에 가고, 강댕이골에 대해 깊은 이야기를 할 준비를 해왔기 때문에- 그리고 기다리는데 지치지 않았기 때문에 가능한 일일 것이다.

오래된 집념은 이상한 신념 같은 것을 갖게 한다고 그랬다. 그 신념이란 것이 원하는것에 더욱 가까이 향하도록 이끈다고. 귀신같이 찾을 수 있게 도와준다고 했다.

"산을 백번을 타고 올라도, 내가 백번을 눈으로 보고, 알아도 나는 그것을 남한테 재밌게 말하는 재주가 없슈. 열 번째 오르면 뭔가 보일 듯 하지. 다시 또 열 번을 오르면 뭐를 보는지는 알겠는데 설명은 못해. 그리고 또 열 번을 더 오르면 보이는 데로만 설명을 하게 되고, 또 열 번을 더 오르면 설명하는게 스스로 못마땅하게 되고, 이젠 다른 걸 바라게 되는데 그게 뭔줄 알으유? 관심이유. 내가 보는 것을 다른 사람들도 같이 봐주고, 같이 얘길 했으면 좋겠지. 나보다 더 똑똑한 사람이 나와서 많은 것을 알고 있으면 그것을 더해서 커다란 뭔가를 만들고 싶은데 그게 뜻대로 안나온다는 걸 스스로는 알 때가 와. 근데 또 산을 올라야해. 왜냐면 이걸 이나마 알고 있는게 나라는 생각 때문에 하던걸 멈출 수도 없어."

노릇노릇하게 잘 익은 파전을 집어먹을 뿐 별 대답이 없자 두분 선생님들은 말이 조금 더 많아졌다. 이야기를 듣는 일이 나쁘지 않다. 조금 더 즐거워졌다.

한선생님이 길게 한마디를 하시고 옆에서 듣고 있던 김선생님이 고개를 가볍게 끄덕인다. 입술이 조금 달싹이는 걸 보니 김선생님도 하고 싶은 말이 있으신 모양이다. 비는 계속 내리고, 낮은 여전히 길다. 막걸리가 적당히 마른 입 적시기를 쉬지 않는다. 강댕이골이 여전히 강댕이골로 들리니 아직은 큰 문제가 없어 보인다.

'강댕이 골'이 어느 마을인지 알 턱이 없었다. 그건 나이가 지긋하신 분들이 마을을 부르던 옛 지명이었고, 행정구역명은 여러 세대까지는 아니더라도 몇 번에 걸쳐 바뀌기도 했으니 말이다. 강댕이라 그러길래 처음엔 강아지를 부르는 사투리 정도로 생각을 했다. 그러한 기색을 비추니 그야말로 두 분은 너무 놀라 할 말을 잃어버린 얼굴이 똑같았다. 무지(無知)했음을 깨닫고 당황하여 같이 말을 잃어버리고 말았으니 그 첫 만남은 너무 부끄럽고 창피한 기억이다. 유구한 역사라고 하기엔 아주 조금 부족하고, 그렇다고 또 아무렇게나 '적당하다'는 표현은 너무나 서운한 이 강댕이골의 이야기는 김선생님이 신나게 얘기할 때 그나마 듣는 입장에서 편하다.

"지역 명산. 가야산맥 그 북쪽 끄트머리 협곡에 위치한 좀 외딴 마을

이긴한데 그곳이 어디냐. 그 존재성부터가 재미진 얘기란 말이쥬. 근데 말을 재미지게 못해서 조금 미안허유."

그렇다. 재밌다는 말을 섞어 넣긴 하지만 말을 전혀 재밌게 풀어내지 못하시는 분들이다. 단지 혀끝을 적시고 있는 막걸리가 도와주는 셈이다. 막걸리의 가장 특이한 점은 혀끝에 닿는 첫맛이 달다는 것이다. 술에 쌀이 들어가서 그런가, 조미료가 들어가서 그런가. 막걸리의 첫맛은 달다. 그 단맛이 혀끝에서 제멋대로 무슨 짓을 벌이는 모양인게 확실하다.

"가야산이 명산인거야 김고래씨도 알테고, 그치? 명산에 명당이 여러 곳 자리할 것임은 의심할 여지가 없지. 암만. 그래서 흥선대원군이 그 아버지 남연군의 묘를 써버렸는데 그러면서 그곳에 있었다던 유명한 가야사를 불태워 버린것은 말할 것도 없고. 그래도 여기까지는 어느정도 들어본 얘기같지 않으유? 풍수란 것이 재밌자면 재밌는 얘긴데, 무시하자면 그저 유사과학에 불과한 얘기 같으니까 신빙성은 떨어져 버리지. 강댕이골 얘기도 그 비슷허유. 국보가 된 마애여래삼존상 가기 전에 그 입구 즈음해서 오른쪽 방향. 길 옆에 큰 소한마리가 누운 정도 크기의 바위가 있는디 여기 사람들은 그걸 '쥐바위'라고 부르고 그 맞은편. 길 왼편 계곡 건너에는 검은 바위가 있는데 이걸 또 여기 사람들은 '괭이(고양이)바위'라고 부른답디다. 근디 생각을 해보유. 쥐하고 고양이가 있는디 그게 계곡으로 용케도 붙지 않고 있었으니 서로가 무사한거야 당연한 거겠지만 붙으면 어떻겄슈! 지금도 그렇지만 터 기운 무시하고 일 벌려서 사단이 나면 크게 나지. 옛날에 승려들이 그런 것들을 죄다 무시하고 다리를 놓았다고 합디다. 그러니 건너편의 괭이가 당장에 달려들어 쥐를 작살을 낸게 분명하고 기운이 상했으니 무슨 일이 일어난게 또 분명하지."

막걸리 한 모금의 효과는 오래가지 않는다. 한 모금 만큼씩만 해낸다. 우리는 동시에 잔을 들고 건배를 한다. 김선생님과 한선생님은 잔을 마주칠 때마다 양껏만 하라고, 자기 양을 잘 아는게 중요하다며 주의를 준다. 이 모든것들 중에서 가장 중요하단걸 잘 알고 있다.

"강댕이골 전체에 영향을 주는 이 바위 두개가 이 모양이 났으니, 변고까지는 아니더라도 사단이 났음은 분명하고 그 얘기가 그 골짜기 더 올라 백암사지라는 절터 이야기로 이어지는 거유. 크고 작은 절이 백 여개 가까이 있다고. 그러니까 백百이라는게 그만큼 많다는 뜻으로 쓰인 거겠지. 산세의 기운으로 보자면 백개를 채워선 안 된다고 하던데 누군가 백개를 꼭 채워 지은 모양인지 그 많다던 절들은 다 사라지고 절터들만 무수히 남게 되었다는 얘기가 있슈. 절이 백개면 승려가 얼마나 많았겠슈. 적당한게 딱 좋은데 꼴딱 욕심을 부리면 망한다는 말이 그래서 여기저기에 다 옛날이야기처럼 남는거유."

말이 끝나기 무섭게 다시 잔이 모여 부딪친다. 두 분 선생님의 눈빛이 여전히 적당히를 외치고 있었으므로 내 혀끝엔 막걸리의 단맛은 가벼이 스쳐 닿을 뿐 감히 목젖까지 넘어가는 일은 어려웠다.

구전되어오는 이야기의 핵심은 내용은 전달이 되는데 그 시기의 정확성에 문제가 생긴다. [once upon a time] 옛날 옛날에.

"그래서. 그 중요한 강댕이골의 이름의 유래는 말이유."

아아. 목적으로 가기까지 얼마나 많은 장애물을 넘어야 했던가. 강댕이골이란 이름의 유래를 듣기위해 얼마나 많은 사설이 있었던가 말이다. 사실 요즘 시대에 목적하는 지식을 얻기 위한 가장 정확한 방법은 검색이다. 그러나 그 검색에도 정보가 넘쳐나서, 그 정보의 출처가 급기야 누군가의, 누군가의 누군가의 누군가가 되어버리기도 하는 시대가 되어버려서 그 출처 마저도 선택을 해야 한다. 그렇기에 이 정보의 채집은 그러니까 단순한 이야기 듣기가 아니라 구술기록이 되도록 하는 것이 목적이기도 하다.

"마애삼존상 밑에 돌을 단으로 쌓아놓은 곳이 있는디. 이 터가 강당講堂터로 최치원선생이 이곳에서 강당을 짓고 공부했다는 이야기가 있슈. 사람들이 그 가야산은 저기 아랫마을 가야산이라고 하는데 그럴수도 있고, 아닐수도 있지. 강댕이란 지명은 강당의 사투리 발음이 없어져 그리 불리워진게 아닐까 싶은규."

김선생님이 가볍게 웃었다. 그 웃는 얼굴에 정말로 아무것도 담겨있지 않았기에 가볍다 말하는 것이다. 언제, 왜 그렇게 불리워졌는지 굳이 알게 뭐람. 옛날 옛날에. 그 언젠가부터 사람들이 모여 살았고, 이 동네는 이렇게 부르고, 저 동네는 저렇게 부르다가 사람들이 살기도 하고, 살기 어려워지면 떠나기도 했을 것인데, 그러면서 조금씩 또 달리 불리워지기도 했을 것인데 어떻게 확신할 수 있을까. 다만, 우리가 원하는 것은 정확한 출처. 확실한 근거. 내세울 수 있을만한 무언가를 원할 뿐인데 그것을 찾아내는 것이 쉽지가 않다.

그럼, 해야 할 일은 일단 남기는 것 뿐이다. 알고 있는 것들과 함께 찾아내기 위한 노력이 어땠는지 일단 남기고 봐야 할 일이 아닌가.

"동네 옛날 어른들은 다 알고 있었지. 근디 그분들이 지금 다 어디 가셨느냐 말이유. 남아 계신 분들이 없어서 우리도 전해들은 것만 있으니까. 그게 아쉬운거란 말이쥬."

혀끝의 막걸리 단맛이 돌고, 그것이 이제 목구멍으로도 넘어가고, 그것이 이제 또 위장 어디쯤까지 가 닿았는지 끝내 다물고 있던 입을 열었다.

"그래서 왜 전데요?"

김선생님과 한선생님이 같이 본다. 뜻밖의 질문이라도 받은 듯한 얼굴이다. 그리고 이내 그걸 굳이 대답까지 해야 하느냔 얼굴이다.

"왜. 안될 이유라도 있슈?"

없다. 뜻 모를 웃음이 났다. 그러게. 안될 이유란 건 없었다. 그냥 단지, 선택에 따르는 여러 가지 기준 같은게 존재하는가 싶었다. 그걸 확인하고 싶었을 뿐이었다.

“우리 하는 일이 별게 아니유. 이 다음에 언젠가, 필요한 날이 오긴 할테쥬. 근데 그게 당장 한달 뒤 일지 10년, 한 30년은 지난 일이 될지 어떻게 알겠슈. 우리처럼 뒤늦게 뭘 찾겠다고 나서면 그땐 뭐 있겠냐 말이유. 뭐라도 남아있을 때. 흔적 남겨 놓는게 이젠 의무가 된거유.”

김선생님이 사이다를 건넨다. 막걸리에 사이다를 섞어 마시는게 여러모로 맛이 더 좋을가 싶은 생각이 든다.

“강댕이골 골짜기 골짜기마다 재밌는 얘기가 많이 있는데. 직접 답사를 가면서 얘기를 해야 더 재미질텐데 말이유.”

잔에 담긴 사이다를 단숨에 들이켰다. 그저 이야기로만 들을 순 없을까 싶은 마음이 들었다. 현장감이 꼭 필요한 일인가 싶기도 하다. 허상에 움직이는 기분이 들기는 하지만 산이 싫은 것이 여간 고역이 아닐 수 없다. 양보가 쉽지 않아 팽팽한 줄다리기를 하는 것 같다.

“비가 오네요. 선생님들. 빗소리를 배경삼아 듣는 이야기가 제겐 더 잘 맞는 것 같습니다.”

김선생님도 잔에 든 탁주를 벌컥 들이켰다.

“이 비 때문에!! 결국은 발 한번 디딘 걸로 만족해야 하는거유? 그 골짜기 끝이 어디로 이어질지 궁금하지도 않으유?”

절대. 대답하지 않는 편이 내겐 확실히 유리하다. 그 어느 부분에서건. 열심히 안주를 집어 먹은 덕에 접시는 빠르게 비워졌다. 사장님께 안주를 더 부탁하니 접시를 들고 테이블을 떠나며 한마디를 거든다.

“비오는 날, 재밌는 얘기들을 하시네요.”

가게를 처음 방문할 때부터 관심받고 있음을 알고 있었다. 아예 없는 조합은 아니나 지속적이진 않을 조합이었다. 매번, 비오는 날에 가게를 방문할 적마다. 그래봐야 이제 겨우 세번째인지 네번째 방문이지만 이 [오계몽]의 사장님은 흥미롭게 관심을 둔다.

"가게 이름만큼 재밌겠습니까?"

한선생님이 그 관심에 기꺼이 응했다. 처음 방문 할 때에도 그랬지만 이 가게의 이름은 들으면 들을수록 마음에 든다.

"낮술을 드시고 가시는 손님들이 계시니까요. 낮에 꾸벅꾸벅 졸고 있는 닭을 보고선 옳거니! 하고 냉큼 가게를 차렸는데 차리고 보니 또 장사를 하는게 꿈 꾸는 것 같고. 그렇습니다."

한마디를 남기고 떠나는 사장님을 뒤로 하고 두 분 선생님은 안주도 없이 막걸리를 넘기신다. 빗소리가 땅을 적신지 오래다.

선생님들의 목소리도 촉촉히 젖어든다. 이 달큰한 취기에 나도 자꾸만 얘기가 하고 싶어졌다.

"매번 그렇게 산엘 올라 다니시면서. 아무것도 건지지 못하는 날들이 많으시면서도 왜 그만두지 않으세요?"

"고래씨 같은 사람이 많으니까."

뜻밖의 대답이었다. 조금은 당황스럽기까지 한 대답이었다. 그러나 미처 다른 질문을 이어가기도 전에 김선생님이 마저 남은 말을 꺼냈다.

"좀 전에도 한 얘기지만 고래씨같이 관심 없는 사람들이 많으니까. 어느 순간에 뭐가 사라졌는지 아무도 모르니까. 지금 내가 알고 있는게 또 언제 사라질지 모르는 일이니까. 그러니까 그냥 계속 산에 오르고, 그러다 혹시라도 뭔가 발견하게 되면 기쁠 일이고, 그렇지 않더라도 기록 어딘가엔 있다고 하는 무언가가 정말로 거기 있는지 두 눈으로 보려고 가는 거지."

"김고래씨, 영화 좋아허유?"

한선생님이 뜬금없이 질문했다. 조금 맥락없는 질문이라고 생각했다.

"네. 좋아하죠."

"아까 그 [인디아나존스] 시리즈 어떠유?"

"그것도 좋아하죠. 흥미진진한 모험 이야기잖아요. 옛날 전설의..."

대화가 여기까지 미치자 김선생님은 슬쩍 웃고, 한선생님이 마저 말을 이어나갔다.

"그 인디아나존스가 뭔가를 발견하기까지 영화니까 운이 좋아 짧은거지. 그게 언제 어느 때 발견될지, 어떻게 발견될지, 또 발견되고 나서 잘 보존이 될런지. 아니면 순식간에 도난당할지 아무도 모르는 일이구. 아까 했던 말이랑 똑같은 말이유. 근데, 이것도 인연이 있는 일이라 아무나 못허는거구. 그래서 난 그냥 오래 봤으면 좋겠네. 김고래씨."

슬그머니 시선이 녹음기로 향했다. 빗소리에 섞여서 목소리가 잘 들릴지 걱정이 되었다. 빗소리에 묻힐지 모를 목소리가 조금 슬펐다.

사이다가 조금 섞인 막걸리 잔을 들이대 본다. 김선생님과 한선생님의 입꼬리 끝에 가벼운 것들이 묻었다. 빗소리보다 가볍고, 막걸리보다 가벼운 것이 묻었다.

흘러가는 빗물에 씻겨 가는 것들은 먼지만이 아닐 것이다. 먼지같이 가벼운 온갖 것들은 다 흘러갈 것이 분명하다.

막걸리의 끝맛이 조금 쓰다. 취기가 오른것이 분명했다. 이젠 오로지 녹음기에 의존해야 하는 시간이 왔다. 빗소리에 조금 더 빨리 취한것이 어디 혼자만의 일일까. 잔을 부딪치는 세 사람이 모두 같다.

"아무리 열심히 해도, 성실해도 아무것도 이뤄지지 않을때가 있슈. 얼마나 억울하겠슈. 30년을 살고 40년을 살고. 반백살이 되었는데도 손에 쥐었다 싶은게 아무것도 없을때가 있슈. 그래서 뭐든 자꾸 말하고 싶은 거유. 뭐라도 말하고, 했던 소리 또하고 그러는기 다 이유가 있으니까 그러는거유. 자꾸 그러고 싶어진다니께?"

강댕이골의 골짜기 골짜기마다 있다는 그 이야기는 분명 재미있는 이야기일 것이다. 그 골짜기를 찾아다니며 보낸 두 선생님의 이야기도 있을 것이다. 그 이야기가 재미로만 끝나지도 않을 것이다. 누군가의 발길이 수백번 닿은 길을 뒤쫓는게 뭘 뜻하는지는 모른다.

인연이 닿지 않으면 그곳에 길이 있는지 없는지도 눈치채지 못한다 했다. 그렇게 잊혀지다 보면 길은 사라지고, 결국에 길은 다른 곳으로 나던지 영영 길이 있었다는 사실조차 잊혀지고 만다.

"어느 골짜기를 제일 먼저 데려가시려고 그러셨데요?"

"가까운 곳."

비웠던 안주를 다시 채우러 오신 [오계몽]의 사장님은 매번 이야기에 껴들고 싶어 하는 눈치다. 안주 접시를 테이블에 내려놓으며 한마디를 얹는다.

"재미있는 곳이 더 좋지 않을까요?"

"아유. 안되유. 우리 김고래씨는 가까운거 좋아하는 사람이라서 그것부터 시작혀야지."

[오계몽]의 사장님이 내 생긴 모습을 확인한다. 입을 벙긋 여는 순간에 [오계몽]의 출입문 열리는 소리가 들린다. 종업원이 따로 있긴 한지, 사장님 혼자서 취미로 낮 장사를 하는 건지 정확히 물어본 적이 없어 모르겠지만 적당히 바쁘지 않고, 적당히 한가롭지 않게 사람들이 오간다. [오계몽]사장님이 얼른 손님을 받기 위해 테이블을 떠난다. 사장님의 뒷모습을 보다가 골짜기 어느 곳이 내게 더 이로울지 생각해본다. 아무래도 역시 이로울건 없는 것 같다. 얼마간은 이런 식으로 버틸수도 있겠지만 이렇게 마냥 비오는 날을 주기로 채록採錄만 할 수도 없는 일일 것이다. 그 어떤 결심도 바로 서지 않는게 가장 걱정이다.

"고래씨."

한선생님이 부른다. 고개를 돌려 한선생님을 쳐다보았다.

"고민 오래 하는거 아니유. 이게 뭐 목숨 걸고 할 일도 아닌것 같으유. 근디 고래씨가 크게 고민없이 뭐든 해봤으면 좋겄네. 독특하게 생각하는 그 머리로 골짜기 다닌 이야기를 써서 여러 사람 보게 했으면 좋겠슈."

김선생님이 거든다.

"그렇지. 누군가 고래씨 글 보고 맘에 안 들어서 좀 따지러 와줬으면 좋겄네. 틀렸다. 옳다. 똑바로 써라. 대신에 고래씨가 골짜기에 충분히 애정을 가졌을 때, 그때 시작하면 좋겄슈. 남들이 제대로 알고, 모르고가 크게 문제가 아니유. 애정을 쏟은 건 다 티가 나게 되있슈. 그 흔적이란게 어디 안가고 남아 있다니까? 그래서 충분히 애정이 생겼을 때. 그때 시작하면 더 좋을것 같으유."

사실 벌써 애정은 생겼다. 그게 아니라면 낮비가 오는 주말에 [오계몽]을 찾을 일이 다 무어란 말인가. 골짜기 이야기를 하고 또 하며, 막걸리 단맛에 넘어간 거라고 말하는 일이 다 무어란 말인가 이 말이다. 눈치 없는 사람들 같으니.

눈치 없는 세 사람이 모였다. 서로가 했던 말을 하고 또 한다. 대낮에 막걸리에 너무나 취한 탓이다. 정확히 각자가 무엇에 취했는지는 알 수 없다.

대낮에 꿈을 꾸는 닭처럼. 꾸벅꾸벅. 이제 곧 새벽이 올 테니 조만간 꿈을 깨리라 믿고 한없이 노곤해져 버린 닭처럼. 꾸벅꾸벅.

단지 꿈이 아닌 것은 녹음기가 잘 작동 중에 있다고 알려주는 붉은 빛. 그리고 주머니 안에서 발견되는 택시 영수증. 옷에 흘려 베어버린 막걸리 냄새. 혹은 안주로 먹은 부침개의 기름 냄새 덕분이다.

눈치 없는 세 사람이 모였다가 헤어져도 여러 가지 흔적들을 남기는 게 당연한 일인데, 그 어떤 것들도 모두 자기가 있었던 흔적을 남기기 마련인데, 그 골짜기에 아무것도 남아있지 않을 리가 없다. 단지, 막걸리 냄새, 기름 냄새가 오래 남지 않는 것처럼. 주머니의 영수증은 휴지통에 버려지는 것처럼. 어떤 것들은 제 몫이라고 생각하는 만큼만 남아있을 뿐이다

"대답이 없네. 대답을 영 없어."

취중에라도, 대낮의 막걸리가 아무리 달큰해도, 이미 그 골짜기에 애정이 생겼더라도 대답을 할 순 없다. 낮에 우는 닭은 미친 닭 소리를 듣기 마련이다.

"이걸로 막잔이나 하고 이제 일어납시다."

테이블 옆으로 막걸리 통이 서, 너개 굴러다닌다. 저걸 다 비운 건지 옆 테이블의 막걸리 통이 굴러온 건지 확신이 서지 않는다. 옆 테이블을 치우러 온 사장님이 얼른 통 하나를 집어 가져간다. 아마도 굴러 다니다 섞여든 모양이다.

"해 지려거든 아직 멀었고, 비 그치는 것도 아직 멀었는데 벌써 일어나시려고요?"

가게 안의 다른 테이블은 벌써 비었다. 손님 없는 가게를 지키는 일이 몹시도 적적한 모양이다. 사장님은 얼른 안주 하나를 더 내왔다.

"오실 적마다 재미있는 얘기를 하시는 것 같아서 그것도 궁금하고, 또 이 조합도 궁금하고. 그 골짜기 얘기 더 들을 수 있남유?"

빗줄기가 조금 더 굵어진건지 문 밖의 길엔 차 지나가는 소리가 빗소리와 함께 세차게 들릴 뿐이었다. 더 취할 생각은 없었지만 자리를 정리하기엔 아쉬운 마음들이 있었기에 사장님이 은근히 자리 차지하는 것을 내치지 못했다.

"우리 사장님 제일 궁금해 하는 것부터 물어봐야지, 이렇게 은근슬쩍 들어오면 궁금한거 어느 세월에 해결하려고 그류?"

한 선생님이 사장님에게 막걸리 한잔을 권하며 궁금한게 정확히 뭔지 묻는다. 눈치 없는 세 사람이 모여 서로를 몰라도 다른걸 기가 막히게 눈치챌 때가 있다. 사장님은 잠시 망설이다가 막걸리를 시원하게 들이키고는 숨을 돌렸다.

"무슨 일을 하시는지, 당췌 조합을 알 수가 없어서 말이죠. 짐작이 가다가도 안가니께 거. 어지간히 궁금해야죠."

이번엔 김선생님이 사장님에게 막걸리를 권한다.

"아무것도 안하는 사람들이유. 여기 이 사람이 시작하면, 뭘 시작한다고 할 수도 있겠는데 말이쥬. 여, 셋은 아무것도 안허유. 그냥 비 오는 주말 낮에 시간 되서 막걸리 먹으러 모이는 사람들이유."

사장님은 김선생님이 권한 막걸리 잔을 받아들고 적잖이 미심쩍어한다. 받은 잔을 비울지 말지도 고민하는 듯 보였다. 영 개운치 않은 눈치다. 사장님의 망설임을 눈치 없는 세 사람이 지켜보고 있다. 사람 셋의 눈길을 받는 것이 마뜩찮았던지 고민이 길지 않다. 받은 잔을 연거푸 시원하게 넘기더니 눈이 마주친다.

"뭘 마저 듣고 싶으신 모양인데. 그럼 한잔 더 받으시는게 당연하지."

사장님이 내미는 빈 잔에 막걸리를 채운다. 뽀얀 막걸리가 금세 잔에 가득 찬다. 저 빈 잔에 채운게 막걸리고, 또 무엇이었을까 싶다. 사장님은 굳이 무슨 얘기를 듣고 싶어 막걸리 석잔을 연거푸 마시는지 싶다. 세 번째 잔을 다 비우고 사장님의 곧았던 등이 기운을 조금 잃은 듯 구부러졌다.

"[오계몽]사장님이라 적당히 취해도 크게 상관이 없구먼. 우리 하는 일이 굳이 뭔지 말하자면, 넘들 보기에 꿈같은 일이유. 옛날 얘기 쫓고, 골짜기 타고 돌아다니면서 옛날얘기가 사실인가, 전설일 뿐 인건가 확인도 하고."

사장님이 고개를 돌려 김선생님을 쳐다본다.

"그리고 여기 있는 친구는 김고래씨라고 글 쓰는 사람인디. 좀 꼬셔서 글감 좀 던지려고 하는데 그걸 쉽게 받질 않는 친구유. 고집이 세서 고래씨라고 부르지."

세차던 빗줄기가 사그라드는지 빗소리가 점점 줄어든다. 창밖도 어둑해졌다.

"아니, 그럼 왜 하필이면 비 오는 주말 낮에만 모인데요. 이왕에 재미진 모임 같은데. 정기적으로 약속을 정하면 좋을텐데."

사장님이 진정으로 아쉬워하는 눈치다.

"각자가 핑계가 많은 사람들이라서. 이것도 핑계유. 비오는 주말 낮에 뭘 할만한게 마땅히 있어야지. 그 핑계로 모이면 모이는거고. 다 안모이면 그걸로 뭐 끝나는거지 뭐. 별거 있슈?"

강제적인 것 같기도 하고, 아닌 것 같기도 하고.

그저 이 이들은 남기기 위해 나를 만나고 나 역시 남기기 위해 이들을 만난다.

다만, 눈치 없는 이 세 사람 혹은, 네 사람 사이에 빗소리도 섞여 있고, 젖어 들어가는 탁주도 있다. 아아. 이리하야 이 이야기는 탁주담濁酒譚이 되었다는 것을 남긴다.

여기, 빗속에 숨어.

김선생님과 한선생님이 말하고 김고래가 옮겨 씀.

20××년 모某월 모某일

※구술채록의 성격을 띄지만 정형화된 형식을 따르진 않음

이화윤

흐린 날 무지개는 피다

2020년 《인간과 문학》 소설 등단

흐린 날 무지개는 피다.

주말 아침, 여자가 퇴근한 남편의 가방을 끌어당겨 지퍼를 열었다. 뭉쳐 놓은 옷들을 꺼내어 들었다. 듬성듬성 희뿌연 가루가 묻어 있는 갈색 셔츠와 검은 청바지가 신경을 날카롭게 만들었다. 세탁시간이 두 배나 소모되는 옷들의 행색에 여자가 못마땅한 속마음을 드러냈다.

"숙직에 무슨 일을 해요? 옷에 이게 다 뭐람......"

짜증이 섞여 있는 물음에도 남편은 개의치 않고 대답 대신 멋쩍은 웃음을 짓고는 소파 등받이에 비스듬히 기대어 앉았다. 졸음이 오는듯한 두 눈을 껌뻑이며 리모컨을 손에 쥐고 텔레비전 채널 버튼을 빠르게 위아래로 눌러댔다. 무거운 분위기를 느낄 때 관심사를 돌리려는 남편의 낯익은 행동이다. 여자는 옷들을 세탁실 바구니에 던져 놓고 아침상을 차려야 하므로 빠른 동작으로 주방으로 왔다. 텔레비전 음이 여자의 귓속으로 흘러들었다. 뜻도 알 수 없는 내용이 윙윙 울리면서 심기가 편하지 않은 여자의 청각을 자극했다.

"아침 방송에 웬 호들갑들이래...... 볼륨 좀 줄여요!"

이내 거실은 조용해졌다. 잠시 후, 남편의 고른 숨소리가 낮게 들려왔다. 여자는 남편이 잠들지나 않았을까라는 마음으로 냉장고에 가려진 거실 쪽으로 얼굴을 내밀고 조심스레 바라보았다. 휴대전화를 들여다보고 있는 남편의 모습에 안도를 느끼면서 조금은 미안한 생각이 들었다. 두 달이 넘어가도록 직장에서 밤을 보낸 탓에 얼굴이 수척해 보였다. 여자는 여느 때 보다 정성을 들였다. 당근 즙과 바삭하게 구운 토스트와 그리고 달걀 프라이는 노른자를 익히지 않고 그대로 두었다. 차림을 마치고 남편을 아일랜드 식탁 앞으로 불렀다. 잠시 차린 것을 훑어보던 남편은 심드렁한 얼굴로 당근 즙을 반 잔 마시고는 말없이 자리에서 일어났다. 곧 여자는 '참, 그렇지!' 무의식에서 깨어난 듯 화들짝 당황한 표정을 지었다.

"조금만 기다려 주세요.!"

자신의 실수를 인정하는 웃음이 남편을 다시 자리에 앉혔다. 기억을 되새김하며 빠른 손놀림으로 서둘렀다. 남편은 굽지 않은 식빵에다가 블루베리 잼을 발라서 먹기를 좋아했다. 달걀은 흰자와 노른자를 섞어서 완숙 프라이어야 했다. 성의가 부족했던 자신의 탓도 있었겠지만, 주말 아침마다 우울하게 만든 남편에게 더 큰 탓을 돌리고 싶었다. 하지만 여자의 실수는 계약직을 찾고부터 그랬다. 바쁜 시간에 쫓겨가며 남편의 식성에 마음을 쓰고 싶지 않았다. '그냥 한 번은 먹어줄 만도 한데 입맛도 까다롭기는......' 여자는 마음속으로 불평을 하고는 십 분이 지나고 다시 남편과 마주하였다. 제대로 된 조반을 대하고도 평소 과묵한 성격 탓인지 표현이 없는 남편의 모습에 여자는 외로움을 느꼈다. 퇴직을 해서 생활의 환경이 바뀐 탓일까. 아니면 30년을 지내온 가정에 대하여 신물이 나서일까. 이도 저도 아니면 오랜 시간 함께 한 생활에 굳이 말하지 않아도 상대의 깊은 뜻을 헤아리고 있다는 것일까. 도무지 알 수 없는 남편의 무감각은 상대를 본능의 충실함에서 밀어내고 있었다. 밀쳐 놓았던 접시를 여자는 자신 앞으로 당겨서 딱딱하게 굳어버린 식빵을 포크로 찔러댔다. 입으로 들락거리는 포크와 나이프 소리만 들려올 뿐 침묵이 한동안 식탁 공간을 채웠다. 여자는 남편과 무슨 말들이라도 주고받고 싶었다. '석 달 전부터 주말마다 분식 가게에서 계약직을 했었고 그것이 생활의 즐거움이 되었으나, 그 일도 오늘이 끝나는 날이에요.'라는 마음속의 말을 입 밖으로 내려는 순간, 남편은 자리에서 일어섰다. 거실 바닥에 내려앉은 햇빛을 밟으며 곧장 침실로 들어가는 뒷모습을 여자는 체념의 눈으로 물끄러미 바라보았다. 언제부터인가 남편의 어깨 위로 삶의 그늘이 내려앉았다. 부부는 일심동체란 뜻에 고달픈 생활을 함께 나누고 싶었다. 여자가 시간적 여유가 있으니 무엇인가 하고 싶다고 하였을 때, 남편으로부터 생활이 편해지니 배부른 소리만 하고 있다는 면박을 들었던 기억이 여자의 머릿속에 새롭게 떠올랐다. '이제 무엇을 해야 할까?' 포크로 헤쳐놓은 식빵 조각에 잼을 발라 입안으로 밀어 넣었다. 달콤한 맛이 씁쓸하게 느껴왔다. 여자는 세탁실로 들어갔다. '숙직을 할 때 대체 무슨 일을 하길 레 허구한 날 칠을 묻혀 오는 거람!' 도저히 이유를 알지 못한 답답함에 세제를 푼 미지근한 물에 옷을 불렸다. 잠시 후, 거실에 울려 퍼지는 남편의 코골이를 등 뒤로 남기고 여자는 서둘러 아파트를 나왔다.

창동역 주변에는 높고 낮은 건물들이 많았다. 여자는 그사이를 지나서 '또 와 분식'으로 황급히 문을 밀고 들어갔다. 젊은 부부가 운영하는 이곳에서 여자는 주말마다 계약직으로 아르바이트를 해 오고 있었다. 점심시간을 맞아 붐비었다. 벽걸이 선풍기는 음식의 열을 식혔고, 모서리에 세워둔 에어컨은 식객들의 땀을 씻어주며 낮은 소리를 내고 있었다. 그 틈에서 주인 여자는 종종걸음으로 홀과 계산대를 오가고 있었다.

"죄송해요. 늦었어요!"

"마지막까지도 지각이셔요?"

주인 여자가 어이없다는 투로 표정과 말꼬리를 올렸다. 시간을 지키지 못한 여자는 빠른 동작으로 주방으로 들어갔다. 앞치마를 목에 걸고 허리 뒤로 끈을 단단히 묶었다. 이곳에서 하는 일은 음식을 만드는 주인 남자를 보조하여 뒷정리와 빈 그릇을 씻는 일이었다. 주방 안으로 주문이 밀려들었다. 여자는 손이 빠르다는 것을 자부하며 그사이 익혀 온 일들이었건만 오늘은 마음같이 손이 따라주지 않아 힘이 들었다. 자꾸만 서툰 탓으로 주인 남자의 눈총이 뒤통수를 찌르는 냉기를 느꼈다. 바쁜 가운데 세 시간 정도가 흘러갔다. 밀렸던 빈 그릇들이 닦아져 제 위치로 돌아가고 늘 그러하듯 주인 남자는 브레이크 타임을 알리고 주방을 비웠다. 그 틈을 타서 여자에게도 얻어진 습관이 생겼다. 개수대가 놓인 벽에 작은 창문이 있었다. 답답할 때면 환기를 시키는 좁은 공간을 이용하여 넓은 밖을 살펴보는 것이다.

마주 보이는 곳에 아파트를 짓고 있었다. 3개월간 주말마다 보았던 공사는 어느 사이에 높은 층으로 올라가고 있었으며 주위는 몹시 붐비었다. 요란한 기계음을 내는 공구들 사이로 건장한 노동기술자들이 땀을 흘리며 바쁘게 움직이고 있었다. 메마른 아스팔트 위를 자동차들이 지나가며 뿌연 먼지를 날리자, 25층 완공을 알리는 건설회사의 현수막이 뜨거운 바람에 힘없이 너울거렸다. 탁한 공기를 느끼며 창문을 닫으려던 여자의 시선이 길모퉁이에 멈추었다. 왜소한 노인이 바닥에 종이상자를 펼치고 앉아있었다. 햇빛을 피하느라 색이 바랜 수건으로 반백을 덮고 있었고, 남루한 셔츠의 단추를 몇 개 풀어 놓았다. 거미줄처럼 가는 주름이 새겨진 목을 타고 흘러내리는 땀을 연신 닦아냈다. 잠시 후 노인이 주춤거리며 자리에서 일어났다. 그곳을 나서려는지 옆에 세워둔 리어카로 다가서서 수북하게 쌓여있는 폐지 상자들을 끈으로 단단히 묶었다. 햇볕에 그을린 팔에 힘을 줄 때마다 옅은 핏줄이 선명하였다. 조금만 더 힘을 준다면 살가죽을 뚫고 나올 것만 같은 안타까운 모습들은 여자에게 낯선 광경이었다. 잠시 후, 밀려오는 더운 공기로 창문을 닫고 주방에서 나왔다. 여자는 에어컨 곁으로 가까이 앉았다. 홀로 나오자 넓은 유리창으로 길모퉁이의 노인이 더욱 또렷이 보였다. 잠시 후 느린 발걸음이 '또 와 분식'을 향해 걸어오고 있었다. 모습을 지켜본 민망스러움에 여자는 망설였다. 그사이 가게 안으로 들어선 노인은 주인 여자를 향하여 간곡한 의사를 전달하고 있었다.

"미안하지만 물 좀 얻어먹어도 될까 모르겠네요?......"

산가지처럼 앙상한 손에 들린 작은 플라스틱 빈 물병을 내보였다. 가게 안은 손님이 없었으나, 노인의 목소리가 들릴 듯 말 듯 주위에서 맴돌다가 에어컨 소리에 묻혔다. 주인 여자는 흔한 일 인양 대답 대신 무표정으로 고개를 끄덕였다. 노인은 고마움의 뜻으로 허리를 여러 번 굽실거리고는 여자가 앉아있는 에어컨 옆에 놓여있는 정수기 곁으로 조심스럽게 다가왔다. 여자는 노인을 못 본 척하며 휴대 전화를 들여다보는 시늉을 하였다. 옆을 지나갈 때 퀴퀴한 땀 냄새가 미간을 찌푸리게 하였다. 노인은 물을 가득 담은 병을 들고 서둘러 다시 주인 여자에게 허리를 굽혔다. 그 틈에 여자는 주방으로 들어왔으나, 무슨 영문인지 노인에게 자꾸만 신경이 쓰였다. 깨끗이 정리해둔 이곳은 딱히 할 일이 없었기에, 여자는 주문한 음식들과 빈 그릇들이 드나드는 트인 공간으로 다가섰다. 그리고 노인에게로 시선을 보냈다. 곧이어 외출한 주인 남자가 황급히 주방으로 돌아왔다. 냉랭한 표정의 곁눈길이 계약직 아르바이트 직원에게는 관대한 자유를 주어서는 안 된다는 확고한 신념에 차 있었다.

"이렇게 서 계시면 어떡해요? 조금 있으면 저녁시간이 될 텐데. 준비를 하셔야 죠!"

주인 남자가 퉁명스레 던지는 불만의 소리를 듣고도 여자는 미동도 없이 홀을 바라보고 있었다. 돌아서서 문을 밀고 나가려는 노인은 불쑥 들어서는 남자 세 명과 마주쳤다. 모습으로 보아서 길 저편의 아파트를 짓는 노동기술자들로 짐작되었다. 이들도 더운 날씨로 일에 지친 탓으로 행색이 초췌하였다. 노인은 건장한 일행들에게 나가야 할 길이 막혀서인지 주춤거렸다.

"어르신, 오랜만에 뵙네요. 점심 자셨소?"

일행 중 나이가 들어 보이는 중년이 경상도 억양의 호탕한 목소리로 노인과 친분이 있는 듯 인사말을 건넸다. 머뭇거리며 무언가 말하려는 노인의 답을 듣기도 전에 중년은 손을 이끌고 테이블로 다가가서 자신의 옆자리에 앉혔다.

"더운 날 굶으시면 병나요. 아제요! 여기 콩국수 곱으로 시원하게 넷 말아주소!"

중년의 큰 소리가 주방으로 울려왔다, 주인 남자가 일손을 멈추고 밖으로 얼굴을 내밀었다.

"오셨어요! 세 분이시잖아요?"

가벼운 인사를 보내며 의문스러운 표정으로 되물었다.

"어르신 한 분이 더 있잖소!"

중년은 대답과 함께 눈짓으로 노인을 알렸다. 잠시 후, 콩국수가 이들 앞에 차려졌다. 노인은 미안한 얼굴로 망설였으나, 중년의 완강함에 못 이겨 움푹 파인 볼을 연신 움직이며 곱으로 얻은 콩국수로 허기를 달랬다. 한동안 지켜보던 중년은 노인에게 청을 하듯 다짐을 시켰다.

"어르신, 이 근처 와서 점심때가 되면 이리로 오소! 더위에 끼니 건너면

쓰러져요.”

“......”

중년의 간곡함에도 노인은 무표정으로 대답이 없다.

“이모요! 어르신 이맘때 오시면 장부에 달아 놓고 뭐든지 드시게 하소!”

홀 서빙을 하는 주인 여자 쪽을 향하여 큰소리로 외쳤다. 함께 온 일행들이 ‘어지간히 오지랖도 넓다’는 표정으로 중년을 바라보았다.

“어르신을 뵈면 행상으로 고생하다 돌아가신 어머니 생각이 나서 함께 나누자는 거요!”

중년이 회안의 아픔을 보이자, 까닭을 이해한 일행들은 이내 숙연해졌다.

“하하하! 어르신, 맛있게 드시는구먼.”

괜한 소리로 분위기를 무겁게 만들었다는 듯 큰 웃음으로 홀 안을 채우던 중년도 일행들과 늦은 점심을 들었다. 이들의 대화가 끝났음을 짐작하고 여자는 자신의 할 일들에 열중하였다.

“어르신, 이번에는 좀 먼 데서 일을 시작하셨다며요? 힘드실 텐데......”

“내 할 소임일세!”

“마무리하시는 날 우리 일행도 그곳으로 가려고요.”

“그럴 필요 없다네! 공사일 하느라 바쁠 텐데. 뭐 하러 그 먼 곳을.....”

“매일 밤 어르신을 돕는 정 씨도 있는데요!”

“모두 복받을 양반들이요!”

중년과 노인이 주고받는 말들이 주방의 물소리에 섞여 뜻 모르게 여자의 귓가에 들려왔다.

“잘 먹었소. 나에게 최고의 한 끼였소!”

노인의 기운찬 목소리가 주방 안까지 울려왔다. 순간, 여자는 조금

전 노인을 외면한 자신의 행동이 잘못된 짓이었다는 후회가 밀려왔다. 이제라도 인사를 하는 것이 옳다는 생각으로 젖은 손을 대충 앞치마로 훔치며 홀을 향하여 얼굴을 내밀었다. 그러나 노인의 모습은 이미 문밖으로 사라진 뒤였다. 중년에게 남기고 간 노인의 인사가 여음 되어 맴돌다가 여자의 부끄러운 마음을 다독여 주는 듯하였다. 그 사이에 중년과 일행들도 가게를 나섰다. 어느 사이 시간이 흘러갔다. 늦은 저녁 텅 빈 홀을 채워 줄 또 다른 손님맞이에 주인 남자의 성화가 들려왔다. 잠시 여자는 틈을 내어 개수대 벽 창문을 열었다. 바람 한 점 없는 하늘 저편 구름 사이로 부지런한 낮달이 얄밉게 얼굴을 내밀었다. 돌아가기가 아쉬운 듯, 해 그림자가 서성거리며 오가는 사람들의 지친 발걸음을 더디게 만들었다. 낮과 달리 길모퉁이에는 노인의 모습도 폐지를 실은 리어카도 보이지 않았다.

여자가 어둠이 짙게 깔린 세말 역 밖으로 나왔을 때, 주인 남자로부터 전화를 받았다.

"아주머니, '또 와 분식'인데요. 오늘로써 계약직이 끝났다는 거 아시죠?

"참, 그러네요! 바쁜 시간 속에서 잠시 잊고 있었네요."

"날 수 계산해서 첫날에 적어두신 계좌로 자동이체할게요. 매주 10분 지각은 제합니다!"

주인 남자의 목소리가 멈췄다. 여자는 당연한 처사라는 생각이 들었으나, 순식간에 다리에 힘이 빠지는 것을 느끼며 주저앉고 싶었다.

"칫, 싹수가 바가지 같은 녀석이네. 그렇다면 일을 마쳤을 때 알려 줄 것이지. 잘 끝났어. 젊은 부부가 어쩜 매정스럽기는 똑같아!"

여자는 어둠을 향하여 마음에 담아둔 소리를 내질렀다. 발길을 돌려 아파트 가까이 있는 부용 천으로 향하였다. 우울해진 마음을 안고 산책로가 보이는 다리 아래로 내려갔다. 늦은 시간이었으나, 반려견의 운동을 도와주며 산책을 즐기는 아파트 주민들이 곳곳에 보였다. 꼬리를 흔들며 짖어대는 개들을 피하여 여자는 천변으로 걸어갔다. 물 사이에 드문드문 놓여있는 돌다리를 건넜다. 물속에 초승달이 내려앉았다. 며칠 전 물풀 사이를 지나던 물오리 생각이 났다. 무리 지어 노을빛 속에서 헤엄을 즐기던 예쁜 모습들이 떠올랐다. 지금은 모두 보금자리로 돌아가고 보이질 않았다. 여자는 가로등 아래 벤치에 앉았다. 저 멀리서 사이클이 불빛을 밝히며 가까이 달려오다가 여자가 앉은 벤치 가까이에서 속도를 줄이고는 "빠라라빠빰!" 컬렉션을 요란하게 울려댔다. 불빛과 소음에 놀란 표정으로 눈살을 찡그리고 바라보았다. 사나이는 장난스러운 웃음으로 가볍게 목례를 보내고는 속도를 높이며 멀어져 갔다.

"칫, 아무튼 남자들이란...... 이왕이면 무슨 말이라도 던져 보든가!"

여자는 안중에도 없는 말을 농으로 삼은 자신에게 피식! 실없는 웃음으로 우울함을 달랬다. 물을 잔뜩 머금은 습한 바람이 불어와 피부에 닿았다. 끈적이는 감촉이 싫었다. 가로등 빛을 타고 나방과 하루살이들이 모여들었다. 곧 사라져버릴 존재들이건만 무엇을 얻으려고 저토록 발악을 하며 날갯짓을 해대는지 도무지 알 수 없는 행동들이 우습고 가련해 보였다. 신이 있다면 인간들도 그렇게 볼까? 욕망에 사로잡혀 허상의 불빛을 찾아 허우적거리다가 마침내 스스로 몸을 태우고 재가 되어 버리는 불나비 같은 어리석고 허망한 존재들이라고. 중년과 노인 모습이 떠올랐다. 그리고 남편도 떠올렸다. 태울 욕망도 남길 재도 없이 메마른 나뭇잎 같은 인생들이겠건만 욕망의 불빛이 아닌 진실한 불빛을 가진 사람들이다. 하루살이들이 땀이 흘러내리는 여자의 얼굴과 목덜미에 연신 날아들었다. 손사래를 치다가 휴대 전화를 열었다. 시간이 이렇게 지나갔을 줄이야! 여자는 피곤이 몰려옴을 느끼면서 벤치에서 일어났다. 또다시 무료한 날을 맞이해야 한다는 생각을 하다가 '참, 아침에 남편의 옷을 비트에 불리고 나왔었지!' 여자는 벤치를 박차고 일어나서 다급한 마음으로 아파트로 향하였다.

깊은 밤, 여자는 쉽게 잠들지를 못하고 베란다로 나왔다. 무덥고 습한 밤이 깊어 갈수록 빛을 잃은 달은 물기를 머금은 구름 속으로 서서히 잠겨 들고 있었다. 한참을 서성이다가 잠을 청해야겠기에 거실로 들어왔다. 뒤척이다 새벽녘 굵은 빗소리를 들으면서 겨우 잠이 들었다.

'여자는 낯선 거리를 걷고 있다. 싱그러운 초록 잎사귀들이 바람에 팔랑이는 숲 주위는 고요하다. 어디선가 바람을 타고 흘러오는 그윽한 향기를 따라 발길을 옮긴다. 그곳에는 호기심 가득한 눈빛의 어린 사내아이를 데리고 곱게 단장한 여인이 있다. 푸른 소나무 아래 햇빛을 가리고 얕은 바위 위에 다소곳이 앉은 모습이 아름답다. 무엇인가를 바라보며 사내아이가 천진스러운 모습으로 환호성과 함께 손뼉을 친다. 여인은 입가에 단아한 미소를 지으며 그윽한 눈빛은 사랑이 가득하였다. 여자는 여인의 눈길을 따라 푸른 숲이 우거진 틈 사이로 누군가를 본다. 하얀 도화지처럼 넓게 펼친 회벽을 마주하고 수건으로 머리를 동여맨 젊은 화공이다. 붓을 쥔 손이 너울너울 춤을 추듯 움직이면 하얀 벽면이 사물들로 채워진다. 뾰족한 가시를 가진 줄기 사이로 붉은 장미가 수줍게 피어나고 향기를 찾아서 나비가 날아온다. 초록 잎들이 무성한 나뭇가지 위에는 예쁘고 귀여운 새들이 지저귄다. 어린 사내아이와 단아한 여인의 웃음소리가 즐겁게 들려온다.

“어머, 세상에나 벽화의 사물들이 움직이는 듯 보여요. 너무 아름다워요!”

두 눈에 들어온 신기한 광경에 여자는 연신 감탄을 쏟으며 어린아이처럼 손뼉을 친다. 그러나 아무런 소리가 그들에게도 자신에게도 들리지 않는다. 붓을 멈추고 돌아선 젊은 화공의 슬픔에 찬 선한 눈빛은 어디선가 본 듯한 얼굴이나 도저히 기억이 없다. 그 눈빛은 무엇인가를 말해 주 듯 강렬함에 여자가 두려움으로 느낄 때, 사내아이가 벽화 가까이 다가온다. 그러나 다리가 불편한 사내아이는 걸을 때마다 몸을 옆으로 기울이자, 젊은 화공은 안쓰러운 표정으로 어미 새가 큰 날개 속으로 아가 새를 품듯이 사내아이를 포근히 감싸 안는다.

“어머나! 저런, 가엾어라. 아이의 다리......”

여자는 당황하여 큰 소리로 외치나, 어찌 된 영문인지 귓속에는 무슨 소리도 들리지 않는다.

“허허허!”

눈앞의 상황이 사라지고 나타난 노인이 주름진 얼굴을 펴고 소리 내어 웃는다. 그러나 노인의 얼굴은 조금 전 보았던 젊은 화공이다. 여자는 왠지 무서움에 황급히 왔던 길을 되돌아 도망치듯 그곳을 빠져나온다. 등 뒤에서 노인의 웃음소리가 점점 크게 울려 퍼지고 아이의 더딘 발소리가 어우러져 쫓아온다. 한참을 달려온 여자가 멈추어 선 곳은 처음 그 자리다. 말없이 바라만 보고 있던 단아한 모습의 여인이 살포시 미소지는 얼굴로 여자에게 손을 내민다. 그러나 여자는 손을 뿌리치고 안간힘을 써보았으나, 발이 움직여지질 않는다. 여인의 얼굴에 웃음이 사라지고 슬픈 눈빛이 다가오고 있다. 여자가 두 손을 허공으로 흔들면서 허우적거렸다.’

순간, 요란하게 울려오는 휴대 전화 수신음에 겨우 눈을 뜨고 간신이 자리에서 몸을 일으켰다. 휴대 전화를 들었으나, 쇳덩이를 쥔 것처럼 무거운 느낌이 들었다.

"나야!"

남편이었다. 여자는 잠이 덜 깬 눈으로 황급히 벽 시계를 보다가 거실 안을 둘러보았다. 오전 아홉 시. 언제나 이 시간이면 텔레비전 앞에서 조반을 기다리고 있어야 할 남편이 보이질 않았다. 아침마다 환기를 위하여 열어 놓는 거실의 폴딩 도어도 닫혀있었다.

"여태 자는 거야? 지금이 몇 신데!"

"아...뇨, 벌써 일어났죠."

"뭘, 늦잠에 내가 퇴근을 했는지 어쨌든 지도 몰랐으니까 톡을 안 보냈겠지!"

남편의 비꼼에 정곡을 찔린 듯 여자의 양심이 인정을 하였으나, 짜증이 났다. 그냥 넘길 것도 꼬집어대는 성격이 싫었다. 여자는 그제야 정신이 서서히 맑아 오는듯하였다.

"그러네요. 왜 안 오셔요? 아침 식사 후 잠잘 시간 일 텐데......"

여자는 태연한 척 말을 하려다 얼버무렸다. 이제 와서 따져 본 듯 부질없을 것 같았다.

"지금은 못 들어가! 나하고 밖에서 봐야 할 일이 있어. 다시 전화할 게."

남편은 휴대 전화를 완전히 꺼버렸고 여자의 머릿속에는 꿈 생각이 생생히 맴돌았다. 젊은 화공과 여인 그리고 아이는 누구일까? 꿈속의 노인 모습에서 길모퉁이의 노인이 떠올랐다. 그러나 전혀 닮지 않았다. 어쨌든 현실 같은 희귀한 꿈이긴 하였다.

여자는 폴딩 도어를 활짝 열었다. 새벽녘 내렸던 비는 거치고 하늘은 맑았다. 해맑은 태양빛을 받은 유리창에는 증발되지 않은 빗방울이 가끔씩 미끄름을 타는 오후가 되었다. 부지런히 집안 정리를 끝낸 여자는 실로 오랜만에 남편으로부터 초대를 받는 즐거움에 큰 기대가 앞섰다. 다시 연락을 하겠다는 남편의 전화를 기다리면서 설레는 마음을 애써 잠재우며 차근히 준비를 시작했다. 가벼운 화장을 하고 난 후, '목선으로 흘러내리는 중간 굵기의 펌 머리칼을 시원하게 어떻게 하면 좋을까?'라고 생각하다가 꿈속 여인의 단아한 헤어스타일이 부러웠다. 시간은 충분하였다. 전기 고데기로 펌을 가볍게 폈다. 모양을 내어 한 가닥으로 자연스레 핀으로 묶었다. 고운 모습으로 변한 거울 속의 자신에게 만족하였다. 다음은 옷장을 열고 투피스와 스리피스를 번갈아 입어 보았다. 한 치의 틈도 없는 옷들은 여름날에 불편할 것 같기에 벗었다. 고민을 하다가 레스토랑을 가거나 뮤지컬을 한 편 감상하더라도 나이가 있는 주부들은 멋보다는 편한 것이 최고라는 결론을 지었다. 지난번 세일 기간 반값으로 마련해 두었던 안개꽃이 퍼져있는 쉬폰 원피스로 갈아입었다. 가방과 신발도 그럴듯한 색상으로 맞춰 놓았다. 외출에 대한 모든 준비를 완벽하게 마친 여자는 전화를 기다리고 있었다. 그러나 시간이 지나갈수록 기대감은 조금씩 사라지고 무료함이 채워지고 있었다. 여자는 하는 수 없다는 체념을 하고 외출복을 막 벗으려고 할 때, 톡이 왔다. 기다리고 있었던 남편이 보낸 내용이다. '아파트 건너편 공원 너머 이곳에서 저녁 6시 30분까지 만나!' 위치와 장소가 정확한 사진을 보내왔다. '왜 하필이면 이런 구석진 곳에서 만나요?' 여자가 의기소침하여 반문하였다. '와보면 알 수 있어! 할 일이 좀 남아서 그래. 폰은 꺼둘 게.' 남편의 답을 읽은 여자는 실망스러웠으나, 아직은 한 것 부푼 기대를 단념하기에는 이르다는 생각으로 자신을 다독였다. 분명 이벤트를 마련해 놓았을 것 같은 황홀감이 앞서고 있었다. 늦은 오후였으나, 긴 낮의 뜨거운 열기에 파라솔보다는 짙은 갈색 선글라스로 멋을 내고 거리로 나섰다.

아파트 가까이에 있는 공원을 지나자 임대 아파트와 주택이 보였다. 새벽녘에 내린 비로 인하여 골목 어귀에서부터 질퍽한 흙길이 나타났다. 여자는 조심스레 발걸음을 내디디며 골목 안으로 걸어 들어왔다. 빨래방과 붉은 색채의 모텔이 나왔다. 얼마 지나지 않아서 노래방과 네온사인으로 장식한 간이주점이 나왔다. 짙은 화장의 앳된 여자들이 가끔 얼굴을 내밀며 밖을 주시하고 있었다. 이곳의 상황을 잘 알고 있는 아파트 주민들은 공원 너머 골목 주변을 싫어했다. 환경적 손실을 주고 있다는 관계로 도외시하는 이곳을 여자는 걷고 있는 것이다. 갈림길이 앞에서 잠시 머뭇거리자, 낯선 사람들과 마주치는 눈길 가운데 훑어보던 사나이들이 옆을 지나치며 수군거리는 것 같은 모습에 더위로 뜨거워진 낯빛이 더욱 붉게 타올랐다. 여자는 몸 전체가 땀으로 젖어 들었다. 구두는 이미 진흙으로 범벅이 되었고 원피스 자락도 흙탕물이 튀어서 수치감에 울고 싶은 심정으로 변하였다. 몰골에 보탬이 되지 않는 선글라스를 벗었으나, 보관이 어려워서 원피스 앞섶에 꽂았다. 허우적거리며 진 흙길을 힘들게 빠져나왔을 때 마침내 남편이 알려준 보드 블록이 깔린 큰길이 나왔다. 거리에는 사람들이 더 많았다. 이상한 여자로 생각하는 시선들이 싫었다. 어쩔 수 없이 빠른 동작으로 앞섶에 꽂았던 선글라스로 자신의 두 눈을 가렸다. 약속 장소에 간신히 도착하였다는 느낌이 들었을 때 가까이 건물들이 보였다. 주위에는 교회와 마트가 있었고 그 뒤로 저 소득층 아동들을 보살피는 시설기관이 있었다. 이곳에서 남편이 만나자고 했기에 담을 두른 건물 앞으로 빠르게 걸어갔다. 가까이 다가간 건물 벽에는 유성 페인트칠을 한 바탕에 '사 계'가 눈앞에 펼쳐졌다. 파스텔 색채들의 아름다움으로 이루어진 벽화에 몰입된 여자는 천천히 발걸음을 옮겨 나갔다.

〈봄이 오면 개나리와 진달래, 벚꽃, 하얀 목련이 피어난 꽃 길을 걷는 아이들.

여름이 오면 싱그러운 향기를 따라 부용 천의 물오리 가족들과 친구가 되는 아이들.

가을이 오면 단풍이 물던 무성한 나무 아래 앉아서 도란도란 책 읽는 아이들.

겨울이 오면 부용산 설경 속에서 겨울 놀이 즐거움에 지칠 줄 모르는 아이들.〉

여자는 눈을 의심하지 않을 수 없었다. 꿈속에서 보았던 젊은 화공이 그린 벽화와 너무도 닮아 보였다. 마치 모든 것들을 현실로 옮겨 놓은 듯하였다. 입체감을 주는 '사 계'는 벽화 속으로 여자를 끌어당기듯 신비로움을 느끼게 하였다. 웅성거리며 아이들이 모여들었다. 그 틈에서 휠체어에 의지한 사내아이가 보였다. 환한 웃음으로 손뼉을 치며 환호성을 질렀다. 아이와 순간 눈이 마주치자, 여자는 불현듯 꿈속의 웃음소리들이 떠올랐다. 곧 누군가가 뒤쫓아올 것만 같은 두려움이 엄습해 오자 땀이 몸 전신을 훑어 내렸다. 남편은 왜 이곳에서 만나자고 했을까? 여자는 주위를 의식하면서 답을 찾으려고 생각해 보았으나 알 수가 없었다.

"잘 찾아왔네! 오너라고 힘들었지?"

여자의 등 뒤에서 낯익은 구원의 목소리가 들려왔다. 반가움으로 뒤돌아보았다. 그러나 남편은 혼자가 아니었다. 함께한 남자들 사이에서 노인에게 친절을 베풀었던 중년을 발견하였다. 그리고 일행들도 보였다. 여자는 뜻밖의 모습들에 혼란스러움을 느꼈다.

이들은 여자를 모르는 듯한 표정이다. '또 와 분식' 주방에서 자신 혼자만 이들을 보았다는 것이 여자에게는 다행스러웠다. 지난 생각에 초췌해진 자신의 몰골을 잊고 있었음을 뒤늦게 깨닫고 몹시 당혹스러웠으나, 남편의 도움으로 중년을 포함한 일행들과 가벼운 인사를 나눌 수 있었다. 이들의 손에는 방금 일들을 마친 듯 화구가 들여있었다. 옷 위에 두른 비닐 천에는 주말 아침마다 남편의 옷에 묻어 있었던 의문의 칠들과 같은 색채들로 얼룩져 있었다. 휴일도 없이 주말마다 아침이면 옷을 더럽혀 왔던 남편이 차근히 여자에게 그 이유를 설명하였다.

"어르신께서 주위에 소외된 곳을 보시고는 당신이 도울 일이 무엇이 있을까 생각하셨대. 해줄 수 있는 일이란 건물을 두르고 있는 벽에 그림을 그려주는 것 외에는 아무것도 없더라는 거야. 소싯적에 그림만 그려왔던 가난한 형편에 무엇 하나 구입할 비용이 없더래. 그 후 더울 때나 추울 때나 끼니를 그러시면서 곳곳으로 폐지를 주우러 다니셨나 봐. 그것을 판 값으로 재료들을 구입해서 낮은 자들이 사는 곳을 찾아다니셨대. 행복한 마음으로 혼신의 정성을 담아 이들에게 꿈과 희망을 나누어주셨던 거야. 일 때문에 알게 된 중년으로부터 어르신 이야기를 전해 듣고 나도 벽화 그리기에 동참했던 거야. 아무나 할 수 없는 훌륭한 일을 하시는 어르신께서 아마, 먼 옛날 참다운 화공이셨을 거야!"

노인에 대한 남편의 진실한 마음들이 여자의 가슴으로 내려앉았다. 옷에 묻혀 오는 원인 모를 색채들에 짜증을 부렸던 여자가 정체를 깨닫는 순간이었다. 여자의 흐린 시야 속으로 붓을 든 노인이 들어왔다. 길모퉁이에서 보았던 남루한 노인의 주름진 얼굴에 평온한 미소가 흘렀다. 여자는 경이로움과 고마움을 감출 길이 없었기에, 다가가서

정중하게 마음을 전하였다.

"어르신, 고맙습니다. 아이들에게 훌륭한 벽화를 선물해 주셨어요!"

"누군가가 해야 할 일에 못난 그림쟁이가 전생의 업을 갚고 있소이다!"

지나간 회한으로 가득한 노인의 눈빛 속에서 단아한 여인과 다리가 불편한 사내아이를 떠나보내야 했던 젊은 화공의 슬픈 모습이 찰나에 스쳐 갔다.

"꿈을 간직한 아이들에게 마음껏 날수 있는 희망의 날개를 주셨습니다."

"아이들의 꿈이 부디 더 높은 곳으로 훨훨 날아오르길 바랄 뿐이오. 그림쟁이로 살아온 내 삶이 그리 나쁘지는 않았나 보오. 허허허! "

많은 사람들이 모여들었다. 사면의 벽화를 에워싸고 환호성과 손뼉소리가 주변에 울려 퍼졌다. 노인의 웃음소리가 들리지 않았다. 여자가 주위를 둘러보다가 노인을 발견했을 때, 화구보퉁이를 진 뒷모습을 노을빛으로 물들이며 골목 어귀 저편으로 서서히 멀어져 가고 있었다.

희곡

이민우

이민우

사람을 찾습니다

2017년 《인간과문학》 희곡 등단
희곡집 《광합성》, 《큐빅과 다이아몬드》

사람을 찾습니다

등장인물

남자 - 30대 이상. 흥신소 직원

여자 - 30대 이상. 흥신소 직원

배경

코로나 바이러스가 덮친 지금

무대

무대 위에는 의자 두 개만 놓여있다.

밝아지면

관객석을 기준으로 남자가 왼쪽 의자에 여자가 오른쪽 의자에 앉아있다.

마스크를 착용하고 선글라스를 낀 채 남자는 한 손에 망원경을

여자는 한 손에 돋보기를 들고 있다.

고개를 똑같이 왼편에서 오른편 그리고 오른편에서 왼편으로 돌리며

망원경과 돋보기로 관객들을 지켜보는 두 사람

이때, 핸드폰 울리는 소리가 들린다.
핸드폰 울리는 소리 (E)

남자 (전화를 받으며) 엄마. 왜?
나 지금 일하는 중이야.
응? 지금?
(옆에 있는 여자의 눈치를 보고) 이따가 다시 연락할게.
여자 (전화를 끊은 남자를 흘겨보며) 왜 그래? 무슨 일이야?
남자 엄마가 지금 급히 와달라고 하는데......
여자 (어이없는 표정을 지으며) 엄마?
지금 일하는 중이거든.
남자 그럼 못 간다고 얘기할까?
여자 (자리에서 일어나 관객석 가까이 다가가며) 빨리 찾기나 해.
남자 (토라진 표정을 지으며) 알았어.
(자리에서 일어나 여자 옆으로 가 망원경으로 관객석 쪽을 보며)
아무것도 안 보이는데.
여자 너무 멀리 보니까 그렇지.
(돋보기로 바로 앞 관객을 보며) 나는 아주 잘 보여.
남자 그래? 뭐가 보이는데?
여자 (돋보기로 계속 바로 앞 관객을 보며) 아주 이쁘고 귀여운데...
남자 그런데?
설마! 벌써 찾은 거야?
여자 아니.
(고개를 갸우뚱하며) 정체가 뭔지를 모르겠네.

남자 너무 가까이 들이대서 그래.

남자는 오른편에서 왼편으로
여자는 왼편에서 오른편으로 고개를 돌리며
망원경과 돋보기로 관객석을 보며 무언가를 찾는다.
서로 고개를 돌리다 머리를 부딪치는 두 사람

남자 (머리를 매만지며) 아프다.
여자 똑바로 좀 보면서 해.
남자 그런데 너......
가까이에서 보니까 이쁘다.
여자 마스크 써서 그래.
마스크 쓰면 다 이뻐 보여.
남자 그러니까! 내 말이!
(관객석을 보며) 다들 마스크를 썼어!
누가 누군지 알 수가 있나!
여자 코로나 때문에 난데없이 우리 일이 이렇게 어려워지다니...
사람을 찾아야 하는데 다들 다 똑같잖아.
남자 (망원경을 집어 던지며) 이게 뭐야!
나 이 일 안 할래!
여자 힘들어?
남자 재미있을 줄 알았는데.
여자 흥신소 일이 원래 그렇지 뭐.
사람 찾는 일.
사람 찾다가 사람 잡는다니까.

남자　(의자에 털썩 앉으며) 역시 난 사람 상대하는 일은 적성에 안 맞아.

여자　(남자 옆으로 가 의자에 앉으며) 넌 원래 무슨 일 하고 싶었는데?

남자　나?

(다시 일어나 관객석 앞 가까이 다가가 큰 몸짓을 하며)

배우. 무대 위에 선 배우.

수많은 사람들이 내 연기를 보고 박수갈채를 보내는 거지.

신사 숙녀 여러분. 저를 보고 박수를 보내주세요.

여자　(정적이 흐르자 혼자 박수를 쳐 주며) 사람 상대하는 일인 건 똑같네.

남자　대신 나를 우러러보고 나에게 사랑하는 시선을 보내주잖아.

(시무룩하게 다시 의자에 앉으며) 하지만 현실은 그냥 외판원이었어.

아무도 나에게 박수를 쳐 주지도 않고 심지어 내 얘길 들어주지도 않아.

사람들이 날 보면 어떻게 대했는지 알아?

질색을 하던가 더 심하면 소리를 질러. 무슨 바퀴벌레라도 본 거 마냥...

여자　그래서 이 일을 하는 거야?

남자　더 이상 사람들 앞에서 얼굴 보며 대하기도 싫고.

그리고 나도 다른 사람들을 평가해보고 싶어서. 뒤에서 말이야.

(사이)

엄마는 이 일 하는 걸 엄청 싫어하기는 하지만...

어쩌겠어. 엄마 병원비랑 약값 데려면 이 일이 보수가 제일 센 걸.

너는?

여자　난 남편 때문에 이 일을 하게 됐어.

남자　(실망한 표정으로) 결혼했어?

여자　지금은 이혼했어.

남자　(비로소 안심된 표정을 지으며) 그래? 다행이네.

여자　(미소를 지으며) 뭐가?

남자　(모른 척을 하며) 응? 아니야.

여자　원래는 집에서 살림만 했었어.

그렇다고 오해하지는 마.

나도 나름 대학 나왔고 하고 싶은 게 없었던 건 아니야.

(사이)

물론 꼭 하고 싶다는 건 아니고 사실 노후 때까지 돈 걱정만 없으면 된다는

거였는데...... 어떻게 하다 보니 결혼을 하게 됐지. 어떻게 하다 보니.

교통사고처럼 말이야.

남편이 넉넉하게 버는 것도 있고 집에서 살림하기를 바래서 일을 그만뒀지.

남자　그런데? 왜 이런 일을 하게 된 거야?

여자　하루는 그러더라고.

남편이란 놈이 나보고 너는 나가서 십 원어치도 못 버는 능력 없는 여자라

고. 그래서 시작했어.

남자　그런데 왜 하필 이 일이야?

여자　다른 이유가 있지.

우리 회사 문을 원래는 고객으로 처음 문을 열고 들어갔거든.

남자　남편 문제?

여자　(고개를 끄덕이며) 사실 이혼도 그것 때문에 한 거야.

남자　그랬구나.

미안해. 괜한 이야기를 꺼냈네.

여자　진짜 웃긴 게 뭔지 알아?

(사이)

남편이 날 배신했다는 걸 알게 됐는데도

슬프거나 화가 나기는커녕 약간 재미가 있더라고. 스릴이라고 해야 하나.

사실 은근히 뭔가 나오기를 기대하고 있었나봐.

만약 남편이 아무것도 숨기는 게 없고 그냥 직장이랑 집만 왔다갔다 했다고

하면 아마 그것 때문에 또 이혼했을걸.

남자　왜?

여자　재미가 없으니까......

한 번 사는 인생. 나도 재미있게 살고 싶어.

(사이)

내가 이해가 안 가?

남자　(자리에서 일어나 망원경을 주워 다시 관객석 쪽을 들여다보며) 몰라.

여자　이해를 바라지는 않아.

사람들이 어떻게 생각하는지도 이젠 관심 없고.

남자 (망원경으로 이곳저곳을 보며) 각자 다 사정이 있는 거니까.

여자 그렇지! (자리에서 일어나 남자 옆으로 가서) 각자 다 사정이 있지!
(돋보기로 관객석 쪽을 들여다보며) 우리는 그 사정들을 뒤져서 찾는 일을 하는 거고.

남자 (여자를 보며) 문제는 생각보다 지루하고 재미가 없다는 거야.

여자 하지만 이게 우리 일인걸.

남자 우리 일?

여자 동시에 의무이기도 하지.
우리는 우리가 하는 일에 충실하기만 하면 돼.

남자 그러려면 사람을 찾아야 하는데......
(관객석을 가리키며) 하나 같이 다 똑같이 마스크를 쓰고 있는데 누가 어디에 있는지 어떻게 찾아?

여자 (주머니에서 사진을 꺼낸다. 그리고 관객들을 유심히 훑어본다.)
진짜 하나같이 다 똑같아 보인다.

남자 큰일이야.
어떻게 찾지?

여자 어떻게 찾지?

남자 다른 특징은 없어?

여자 다른 특징? 어떤 특징?

남자 우리가 찾으려고 하는 사람.
생긴 거나 인상착의 말고
중요한 다른 특징 말이야.

여자 (사진 앞면과 뒷면을 돌려보며) 뭐 씌여 있나 볼게.

남자　　의뢰인이 가족이었지?

여자　　응

남자　　왜 찾아달라고 하는 거야?

여자　　글쎄......가족이니까?

남자　　집을 나온 거야?

여자　　요즘 힘들다고.

　　　　바람 좀 쐬겠다고 했대. 생각할 게 많다고.

남자　　나랑 똑같네.

　　　　그래서 외모 말고 특징이 뭐래?

여자　　착하대.

남자　　(짜증을 내며) 그건 눈에 안 보이는 거잖아!

여자　　선하게 생겼다는 건가?

남자　　마스크 때문에 안 보일 거 아냐!

여자　　(사진을 보며) 책임감도 강하대!

남자　　책임감?

여자　　누구보다 성실하고 책임감이 강한 사람이래.

남자　　역시 눈으로 볼 수 없는 거네......

여자　　그리고 무엇보다 가족을 사랑한대!

남자　　가족을 사랑해? 가족...

관객석 안으로 들어가는 남자

관객석 안에서 관객 한 명 한 명을 말없이 쳐다보며 돌아다닌다.

여자　　뭐해?

남자　　(관객석을 지나다니며 관객들을 가까이 쳐다보며) 가까이에서 보려고.

여자 그중에 있을까 봐?

남자 (관객석을 돌아다니며) 착하고

여자 (역시 관객석 안으로 들어가 돌아다니기 시작하며)
성실하고 책임감이 강한 사람.

관객 한 명을 유심히 바라보는 남자

여자 (남자 옆으로 다가가) 이 사람이야?

남자 (관객을 가리키며) 아닌 것 같아.

여자 옆에 누구랑 같이 왔잖아.
가족 아닌가?

남자 가족과 함께 온 사람이 아니고
가족이 찾고 있는 사람이잖아.
지금 여기 외롭게 혼자 있는 사람을 찾아야 하지 않아?

여자 외로운 사람!

남자 착하고

여자 성실하고 책임감 있고

남자 가족을 누구보다 사랑하지만

여자 지금 혼자만의 시간이 필요한 사람!

남자 휴식이 필요한 사람!

여자 위로를 해줘야 하고!

남자 응원해줘야 하지!

여자 (손을 번쩍 들며) 손들어 보세요!

남자 아무도 손을 안 드는데.

여자　　이상한데...
　　　　분명히 여기.
　　　　여기에 있을 것 같은데.
　　　　여기 우리가 찾는 사람이 분명히 있어! 있다고!
남자　　하긴!
　　　　흥신소 직원이 물어보는데 자기라고 할 사람은 없지!
여자　　(관객 중 한 명을 가리키며) 어! 저 사람인가!
남자　　누구?
여자　　(지목한 관객 앞으로 다가가며) 이 사람! 이 사람!
남자　　(여자가 지목한 관객을 보며) 안녕하세요.
　　　　당신은 착하고 성실한 사람인가요?
여자　　당신은 자기가 맡은 일에 최선을 다하는 책임감이 강한 사람인가요?
남자　　한 가지만 더 물어볼게요.
　　　　가족이 있으세요?
　　　　가족을 사랑하시나요?
여자　　맞아요? 안 맞아요?
　　　　그것만 이야기해주세요.
남자　　우리는 당신을 위협하는 게 아니에요.
　　　　탓하려는 건 더더욱 아니고요.
여자　　(다른 관객을 보며) 잠깐! 잠깐!
　　　　(지목한 다른 관객을 가리키며) 저 사람일지도 몰라.
남자　　(여자가 지목한 다른 관객 앞으로 다가가)
　　　　당신은 착하고 성실한 사람입니까?
여자　　맡은 일에 최선을 다하는 책임감이 강한 사람이세요?

남자 가족을 사랑하세요?
배우자를 사랑하세요?
아이들은요?

여자 가족들을 사랑하냐고요!

남자 (다른 관객을 또 가리키며) 잠깐! 혹시 저 사람 아닐까?

여자 (남자가 지목한 관객에게 다가가) 착해요? 성실해요?

남자 스스로 책임감이 강하다고 생각해요?

여자 가족이 있어요?
가족을 사랑하냐고?!

남자 왜 아무도 대답을 하지 않지!

여자 다들 똑같이 마스크를 쓰고
다들 아무도 아무 말도 안 하니 알 수가 있나!

남자 마스크를 썼다는 게
아무 말도 하지 말라는 말이 아닙니다!

여자 마스크를 썼다고!
지금 너무 힘이 든다고!
내 감정이나 내 생각을 말할 필요가 없다는 생각을 가지지 마세요.

이때, 핸드폰 울리는 소리가 들린다.
핸드폰 울리는 소리 (E)

남자 (전화를 받으며) 여보세요.
(사이, 여자는 다시 무대 위로 올라간다.)
엄마. 죄송한데 지금 일하는 중이에요.

일 끝나고 전화 드릴게요.
(통화를 끊는 남자)
여자 (의자에 앉으며) 엄마?
남자 (무대 위로 다시 올라가며 고개를 끄덕인다.)
여자 힘들다.
남자 (여자 옆 의자에 앉으며) 재미없어.
여자 없나 봐.
남자 찾는 사람이 없어.
여자 여기는 우리가 찾는 사람이 없는 것 같아.
남자 어떡하지?
여자 마지막으로 한 번만 더 보자.
남자 한 번 더?
여자 우리 일이니까.
남자 알았어.
힘들고 짜증이 나도 할 일은 해야지.

자리에 앉은 상태로
남자는 오른편에서 왼편으로
여자는 왼편에서 오른편으로 고개를 돌리며
망원경과 돋보기로 관객석을 보며 사람을 찾는다.

남자 (고개를 돌리며 망원경으로) 아무것도 안 보여.
여자 (역시 고개를 돌리며 돋보기를 한 채) 너무 멀리 봐서 그래.
남자 너는?
뭐 보여?

여자　　나도 잘 안 보여.
남자　　너는 너무 가까이 있는 것만 보는 거 아냐!

망원경을 한 남자와 돋보기를 한 여자가 끝까지 고개를 돌리자 서로를 마주 보게 된다.

여자　　(돋보기로 남자를 보며) 이게 뭐야?
남자　　(망원경으로 여자를 보며) 누구지? 이건?

서로 망원경과 돋보기를 치우는 두 사람

남자　　우리가 찾는 사람이!
여자　　내가 찾는 사람이 바로 너?
남자　　(여자를 가리키며) 착하고!
여자　　(남자를 가리키며) 성실하고!
남자　　(여자를 보고 미소를 지으며) 책임감이 강한!
여자　　(역시 미소를 지으며) 그리고 가족을 사랑한다!
남자　　진짜로!
여자　　너?
남자　　아니면 너일 수도 있고!
여자　　계속 너무 멀리서 찾았나?
남자　　가까이 있었는데 모르고 있었네.
여자　　힘내자. 우리.
남자　　(고개를 끄덕인다.)
　　　　그런데 너......

진짜 이쁘다.

여자 마스크 써서 그래.

마스크 쓰면 다 이뻐.

남자 진짜야.

너 진짜 이뻐.

여자 (자리에서 일어나) 모텔 가자.

남자 모텔?

여자 일해야지.

오해하지 마.

너랑 나랑 모텔 가는 건 순전히 일 때문에 가는 거니까.

남자 (머리를 긁적이며) 알았어.

여자 (자리에서 일어나는 남자에게 퉁명스럽게) 전화 드려.

남자 전화?

여자 어머니.

전화 드려.

기다리시잖아.

남자 맞다!

고마워!

전화를 거는 남자

남자의 핸드폰 발신음 소리가 들린다. (E)

여자는 천천히 무대 밖으로 퇴장한다.

남자 여보세요.

엄마.

흥겨운 음악이 나오기 시작한다.

무대가 어두워진다.

수필

구본숙
김은옥
박연희
윤영유
이재숙
조용한

구본숙

눈뜬 자들의 도시

2020년《인간과문학》수필 등단

눈뜬 자들의 도시

반년에 한번은 꼭 가야할 일이 종로에 있다. 먹고 사는 문제라면 다른 곳에서 할 수도 있는데, 건강상 한번은 내 몸을 보여줘야 하는 병원이 종각 역에 있어 지하철을 탔다. 종각 역은 사람들로 붐비고 시끌시끌해야 어울리는 시내 한복판이다. 그런데 조용하다. 산 속 절간의 조용함이 아닌 시내의 조용 함은 두려움마저 느끼게 한다. 사람은 여전히 많은데 마스크 탓인가, 침묵의 도시가 된 것이다.

종각 역 1번 출구로 에스컬레이터 타고 쏟아져 나오는 사람들 표정이 흡사 전사들 같이 비장하다.. 어깨에는 총 아닌 가방을 메고 마스크로 무장한 눈초리들이 형형하니, 그 기세로 보아 코로나와의 전쟁은 그리 멀지않아 보이는데, 병원으로 가는 길옆 빈 상가들의 '임대"라 고 쓴 빨간 글씨가 병원문 앞에 선 나처럼 출렁인다.

반년 만에 만나는 의사는 긴장을 풀어주려는 듯, 주먹을 내민다. 댑(dap)이라고 영화나 랩음악인들의 전용 인사가 팬데믹 시대에 대중 인사가 되었다. 링 위, 맞대결 전의 권투선수 같다는 생각에 웃음이 나왔다. 모쪼록 내 몸의 문제를 한방에 날려 주기를 순간 바라면서.

"지금처럼 관리를 잘하시고 다음에 뵙죠"

안정적인 음성으로 사람 마음을 편하게 해주는 안과 의사는 정신과 의사를 해도 잘했겠다 싶다.피맛골로 걸어나오면서 늦은 점심을 먹으러 한 식당을 들어갔다. 하지만 텅 빈자리가 서먹해 주인의 한숨 소리를 뒤로 하고 집으로 향하는 지하철을 탔다. 마스크를 착용하기 바란다는 방송 음성이 간곡하게 들리는데 마스크를 하지 않은 노인 한 분이 노인 석에서 태연하다. 힐끔힐끔 사람들의 시선이 몰리고 누군가 나서서 무어라 할까, 조바심이 나는 순간.

"어르신, 이 마스크 쓰세요."

중년의 여성이 가방에서 마스크를 꺼내 노인에게 드렸다. 힐끔거리며 모두 주저하고 있을 때, 마스크 하나를 건네는 용기를 낸 그 여인을 감히, 착한 사마리아인으로 부르고 싶어졌다.

세상이 뒤바뀌었다. 지난 연말까지 그 누구도 상상도 못했던 세상이다. 갓 태어난 아기도 외출을 하려면 마스크를 해야하고 학생은 등교 대신 집에서 인터넷 강의를 들어야 하고, 모이면 안되니 노인정도 헬스장도 노래방도 사람이 모이는 장소는 다 텅텅 비었다. 그 중 유독 힘든 일은 요양병원에 계신 병중 노인이 가족을 못 만나는 일이다. 기차도 배도 비행기도 불가피한 일이 아니면 이용하지 말라 한다. 세상이 멈췄다.

유행병으로 일상이 완전히 뒤 바뀌어진 세상, 불확실한 현실에서 어쩌면 인간의 본성이 가장 잘 드러날 수 있다. 눈이 멀게 되는 이상한 전염병이 급속히 확산되어 도시 전체 사람들을 공포로 몰아가는 소설 '눈먼 자들의 도시'를 얼마 전 다시 찾아 읽게 되었다. 전염병보다 인간의 야만적이고 섬뜩한 본성, 더불어 내게도 숨어 있음직한 그 본성이 스멀스멀 기어 나오는 기이한 기분이 드는 소설이다. 불확실성으로 인한 불안, 공포는 사람의 이성을 흔들고 그 상황이라면 나도… 자신이 없다.

세계 뉴스를 보면 지진, 산불, 전쟁 등의 혼란을 틈타 개인 이기주의로 폭동이 일어나고 폭동을 이유로 가혹한 군인, 경찰, 정치인이 등장하고 그 사회는 눈먼 자들의 도시가 되고 만다. 그러나 유일하게 눈이 멀지 않은 '안과 의사의 아내'가 눈먼 자들의 의지처가 되어 서로 고통을 나누고 돕듯, 살기 위해서든 개인의 이익을 위해서든 친일 일색 속에서 목숨 걸고 독립을 위해 싸우신 투사를 의지해 민초들이 연대 했듯, 눈먼 자들의 도시에도 회복의 기회는 있다.

못할게 없을 것 같은 세계 최강 미국을 비롯 러시아, 유럽, 일본 등은 연일 코로나 확진자 수를 갱신하고 있다. 그들이 우리나라를 주목하고 있다. 이유로는 훌륭한 전문가들이 있고 제도도 철두철미 했겠지요 만, 아무래도 난 지하철 착한 사마리아 여인이 요소요소에 많은 까닭이 아닐까 생각한다.

오늘 뉴스 특보에도 확진자가 일백 명이 넘는다. 행동강령으로 몸은 멀리, 마음은 가까이하며 악수, 신체접촉을 피하고 거리를 두라고 한다. 날이 점점 추워지고 있다. 차가워진 손을 맞잡으면 마음까지 따뜻해지던, 악수와 포옹이 그리운 2020년 늦가을이다.

김은옥

공차기

호로고루 성지에서

2017년 《인간과문학》 수필 등단

공차기

평소에 좋아하는 카페에 들려 햇살이 잘 드는 창가에 앉았다. 페파민트를 마시며 창밖을 응시한다. 드넓은 잔디광장에 간간히 사람들이 지나가고 리기다 소나무들이 드문드문 보인다. 남자 둘이 공놀이를 하고 있다.

하늘은 더 할 수 없이 파랗고 적당한 기온이라 바깥놀이하기에 최적의 날이다. 부자지간인지 쉴 새 없이 공을 주고 받는다. 정확히 나이는 알 수 없으나 대략 50대로 보이는 중년과 20대의 공차기는 처음부터 무리한 게임이 아닌가 싶다. 중년은 젊은이의 발밑까지 공을 차주는데 젊은이는 번번히 상대를 넘어 공을 차기에 중년은 숨차도록 뛴다.

중년의 기술보다 배려가 느껴지는데 젊은이의 공차기는 어째 어른을 약 올리는 것 같다. 기술부족일까. 거리감 부재일까. 지인과 얘기를 나누다가 창밖을 보면 여전히 둘은 뛰어다닌다. 이미 중년의 다리는 휘청대고 간간히 몸을 숙여 헉헉대는 모습이 보인다. 그래도 중년은 쉼이 없이 공을 찬다. 저쯤 되면 그만둘 만도 한데 서로 쓰러뜨리기라도 할 건지 끊임없이 공차기를 한다. 그들을 보면서 문득, 인생살이가 그와 같다는 생각이 든다.

열심히 사는 건 좋은데 너무 무리를 하거나 적당한 거리감을 조절하면서 살아야하는데 그렇지가 않다. 서로 너무 밀착하거나 멀어서 인생살이가 꼬일 때가 많다. 어느 시인의 말처럼 천년만년 살 것도 아닌데 잠시 소풍 갔다가 돌아가는 건데 이 생에 모든 걸 다 걸고 신경전을 벌이며 산다. 그러니 몸도 아프고 마음도 아프다. 많이 가진 자들을 보면 욕심 사나운 그들의 모습이 혐오스럽고 헐벗은 이들을 보면 가슴이 아리다. 주변에 일어나는 일들에 마음을 쓰니, 몸도 마음도 연근처럼 구멍이 숭숭 나있는 내 모습에서 적정 거리가 필요하다는 걸 절감한다.

상담을 하다보면 인간관계의 어려움으로 고민과 갈등을 겪다가 찾아오는 사람들이 대부분이다. 지금도 기억나는 커플이 있다. 몇 년째 동거하는 커플인데 여자의 집착은 대단했다. 직장동료이기도 한 그들은 끊임없이 남자를 의심했고 남자가 홀로 있는 시간도 허락지 않았다. 남자는 헤어지고 싶어 했고 여자는 몇 번의 자살을 시도하기도 했다. 여자는 왜곡된 사고로 끊임없이 사람을 의심하며 못살게 굴었다. 여자의 항변은 남자를 사랑하기에 그럴 수밖에 없다며 늘 울부짖었다. 그녀에게는 적정거리가 필요했다. 사랑이라는 이름으로 상대방의 모든 걸 가질 수는 없다. 그녀가 가진 집착은 그 무엇보다도 자기 자신을 괴롭힌다는 사실을 인지하지 못했다. 공차기처럼 적당한 거리를 갖는 건 친밀한 관계일수록 필요한데 말이다. 물론 살면서 나도 적당한 거리두기를 못할 때가 있어 불화의 원인이 된다. 타자와의 거리두기는 일차적으로 스스로의 마음을 조절하지 못해서 오기도 한다.

공차기도 에너지를 제대로 조율하지 못해서 그런 거 아닐까. 온 기운을 다 모아 공을 뻥 차면 상대와 거리가 멀어 뛰게 되고 몸 사리며 살살 차면 상대에게 미치지 못한다. 먼 거리에 공이 가 있으면 선수도 고달프다. 뭔가 배려 받지 못한 삶이란 허공에서 공을 차는 것과 같다. 생각지도 않은 곳에 공이 처박히는 경우가 있어 상대방을 고달프게 한다.

내 공차기는 어떨까? 차기도 전에 숨차서 못하겠다고 발뺌을 하거나 지나치게 차버려서 상대가 한참 뛰어가야 만질 수 있는 공인가. 요즘 내 공차기는 더 이상 숨차서 못 하겠다고 발뺌하는 것 같다. 한 가지 변명이 있다면 몸이 예전 같지 않아서 그렇다고 말하지만 그닥 마땅치 않다. 과연, 그게 맞나 싶다. 살면서 제대로 에너지 조절을 못해서 그런 거 같아 마음이 무겁다.

언제 왔는지 초등학생 정도로 보이는 아이들이 공차기를 하고 있다. 네 명이 서로들 공을 차며 누군가의 앞으로 보냈다가 옆으로 보냈다가 공이 왔다 갔다 한다. 그들의 웃음소리가 들릴 것 같이 자지러지게 허리를 굽혀 웃었다가 데굴데굴 굴러가는 공을 따라 뛰어간다. 그들의 모습이 신나보인다. 아무런 규칙도 없고 욕심도 없어보여 저절로 눈길이 머문다.

아이들의 공차기는 마냥 즐겁기만 한데 어른들의 공차기는 어느덧 욕심이 발동되어 지치게 보인다. 몸이 점점 숙여지면서 다리는 허청대는데 중년은 여전히 공을 차고 있다. 왠지 그 모습이 나 같아 울적해진다. 어느 순간엔 포기하고 안 하면 되는 일인데도 지칠 때까지 매달릴 때가 있다. 살면서 내 사전엔 대충이란 단어가 없는 듯이 집중하다가 요즘처럼 몸이 상할 때가 많다. 아이들처럼 인생도 놀이하듯이 즐겁게 공차기를 하면 어떨까.

호로고루 성지에서

어머니가 해바라기가 보고싶다고 했다. 차일피일 미루다가 호로고루 성지에 겨우 갔는데 해바라기는 모두 진 상태였다. 물론 지금쯤이면 해바라기 꽃을 볼 수 없을 거라고 생각하면서도 혹시나, 한두 송이 정도는 보게 되지 않을까 기대했는데 그들은 냉정했다.

꽃은 없지만 고구려 시대의 유적을, 성곽의 일부를 보았다. 성곽으로 오르는 계단은 마치 하늘문을 향해 오르는 것처럼 신비롭다. 유난히 청정한 하늘의 빛깔이 눈부시다. 너른 구릉과 임진강이 가슴을 탁 트이게 해주었다. 우린 아직도 마스크를 썼으나 자연의 품은 활짝 열려있다.

한때는 치열한 전쟁터가 되어 엎치락 뒷치락 서로의 몸을 겨누었던, 높은 성곽을 향해 돌진했던 군사들의 함성이 고여 있던 곳이다. 나라를 지키려는 그들의 몸부림이 있었기에 우린 이 땅을 디딜 수 있었다. 돌아보면 우리의 역사는 너무도 치열해서 개인에겐 씻을 수 없는 상처를 남기기도 하지 않았던가. 선조들의 희생이 아니고서는 오늘의 내가 있을 수 없듯이 어머니가 있었기에 남편을 만날 수 있었다. 지난한 길을 걸으며 오늘의 그를 있게 해준 고마운 이가 아니던가. 어머니는 유난히 꽃을 좋아한다. 해바라기를 보려고 왔지만 너무도 늦게 와 죄송스러울 뿐이다.

꽃이 없어 어머니는 아쉬움의 눈길을 주었다가 그래도 모처럼의 나들이로 즐거운 표정이었다. 가다 쉬고 가다가 멈추고 숨을 고르긴 했으나 구순이 가까운 나이에 움직일 수 있다는 건 복이다. 나도 그 나이에 움직일 수 있을까 싶지만 불투명한 미래에 대한 걱정을 하기엔 오늘이 바쁘다.

한 걸음, 한 걸음 땅을 디딜 수 있다는 게 감사할 뿐이다. 지팡이를 집고 하늘을 올려다보는 어머니의 모습이 힘겨워보이지만 그래도 함께 할 수 있어서 다행이다. 그리고 보니 예전의 친정어머니와 나들이 한 기억이 없어 후회가 된다. 늘 어머니는 내 곁에 계실 줄 알았다. 왜, 그러구 살았는지, 너무도 여유없이 팍팍하게 살았던 지난날이 아프다. 사회운동을 하느라 남을 돌보는 일에 바빠서 정작 내 육신의 어머니는 돌보질 못했다. 아무리 후회한들 돌이킬 수 없는 시간, 영화처럼 시간의 문을 열고 과거로 돌아간들 여전히 후회할 짓을 반복할 것이다.

어머니는 우리보고 둘러보고 오라며 좀 쉬었다가 가겠다면서 의자에 힘없이앉는다. 이미 육신의 힘은 소진되고 있음이 그분만의 문제일까. 나도 점점 나이가 들면서 소멸되는 기억의 끈을 붙잡고 어제와 다른 몸을 붙들고 살고 있다. 아무리 좋은 여행지가 있어도 코로나라 움직일 수도 없지만 정작 이동하는 것도 한계가 많을 것이다. 광활한 해바라기 밭이 있어도 이미 시들어 볼 수도 없는 것처럼 우리의 시간도 저물어갈 것이다. 과거로 돌아갈 수 없지만 지금의 시간은 더욱 소중하고 귀한 것, 내 옆의 사람들과 함께 하는 시간이 얼마나 아름다운가.

한때는 다리를 다쳐서 꼼짝도 못하고 지낸 시간들이 있었다. 스스로 아무것도 할 수 없었던 시간들, 그때 간절히 바랬던 건 움직일 수 있는 다리였다. 몇 개월이 지나 목발에 의지해서 걸었지만 그래도 걸을 수 있다는 게 얼마나 감사했던지. 그때의 기억을 되올린다면 지금은 너무도 자유한 것을.

아침마다 운동장을 돌면서 파란 하늘을 올려다보며 움직일 수 있는걸 감사하며 살고 있다. 코로나로 행동반경이 제한적이지만 내 동네에서 야외활동도 하면서 걷는 기쁨이 크다. 엉덩이에 힘주고 보폭을 평소보다 넓혀서 걸으며 땅을 딛는다. 아무도 없는 시간에 마스크도 벗고 걷다보면 코로나 블루도 사라진다. 오랫동안 사랑하는 이들을 만나지 못하고 한정된 공간에서 왔다 갔다 하며 지내는 시간들이 힘겨웠다. 만나지 못해도 전화기 저편에서 들려오는 목소리들이 반갑긴 해도 직접 얼굴보고 얘기하는 기쁨에 견줄 수 있을까.

서너 살 쯤 되었을까. 조그만 아이들이 잔디밭을 가로지르며 내달리는 모습이 마냥 사랑스럽다. 느닷없이 그들이 더 눈에 밟히는 건 언제쯤이면 저런 손주를 만날 수 있을지 부럽기만 하다. 나이 들면 들수록 인생이 별거 아니란 생각이 든다. 한때는 대단한 생을 사는 것처럼 유난떨며 살았었는데 이젠 모두 다 내려놓고 산다. 어쩌면 반복되는 단순한 일상이지만 날마다 가슴으로 느끼는 감흥은 다르다. 고물고물한 아이들이 뛰어노는 모습을 보면서도 내 마음의 그림이 다르듯이 인생도 그때마다 다르다.

한때는 어머니도 저런 시절이 있었을 텐데 생각하며 어머니를 바라본다. 아이들을 바라보는 어머니의 눈길이 순하다. 평소엔 외고집인데 지금은 그저 자연의 또 다른 한 장면을 보는 것 같다. 자연도 인간도 모두 한 품인걸, 새삼 자각하며 어머니의 손을 잡는다. 혼자 일어서는 게 쉽지 않은 노인의 손을 잡고 천천히 힘을 준다. 차디찬 손에 조금은 젊은 온기를 전해준다.

뛰어가던 아이가 넘어져서 울고 있다. 엄마가 다가가 손을 내민다. 사는 게 그런 거 아닌가. 서로에게 손 내밀어 붙잡아주고 일으켜 주기도 하고 기대는 것이 아닌가. 각자의 사연은 달라도 지금 이 시간에 함께 걷고 있는 사람들, 우린 무슨 인연이었을까. 그들을 바라보는 마음이 숙연해진다.

호로고루 성지瓠蘆古壘

경기도 연천군 장남면에 있는 삼국 시대의 성. 임진강과 한탄강이 만나는 지대에 조성된 평지성이다. 사적 제467호이다. 매해마다 해바라기 축제를 여는 곳인데 코로나로 2020년에는 쉬었다.

박연희

생콩가루 시래기국
양미리 된장찌개

2020년 《인간과문학》 수필 등단

생콩가루 시래기국

생콩가루시래기국을 끓이는 것은 내게는 일상적이며, 쉽게 하는 음식중의 하나다. 무채 국물 위에 동그라니 앉아있는 생콩가루 분 화장을 한 시래기는 짙게 화장을 하여 밀랍인형 같은 작은엄마의 얼굴 같다. 그런 기억들을 되살리는 것이 지금은 새로운 느낌으로 다가온다. 나는 그 시간들을 놓치지 않으려고 음식을 만들고 즐기는 일을 멈출 수 없다.

시래기가 하얗게 분 화장을 했다. 생콩가루분화장이 골고루 묻어서 하얗게 빛이 났다. 유리뚜껑을 덮은 냄비에는 너무 굵지도 가늘지도 않은 무채가 헐렁한 물에 잠겨 보글보글 끓기 시작했다. 무채위에 시래기를 넣고 뚜껑을 덮은 후 아주 약한 불에 끓인다. 유리뚜껑 위로 들여다보면 무채국물이 분 화장을 한 시래기를 포근히 감싸 안듯이 끓을 듯 말 듯 아주 천천히 끓는다. 이렇게 해야 생콩가루가 시래기에서 떨어져 나가지 않고 한 몸이 되어 국물은 말갛고 시래기는 뽀얗게 끓여진다. 국을 한 숟갈 입에 떠 넣으면 콩국 맛과 시래기의 담백한 맛이 입안에 돈다.

생콩가루시래기국은 산골의 맛이며 소박한 안동 향토음식으로, 끓이는 방법이 안동사람이 아니면 할 수 없다. 시래기에 화장을 시켜서, 참을성을 가지고 기다려야 깔끔한 맛을 낸다. 국의 레시피는 나의 것이 아니다. 딸만 여섯을 낳은 외할머니, 자식이라고는 딸 하나 낳은 우리 엄마가 하던 옛날부터 내려오는 조리법이며 이제는 나의 레시피가 되었다.

산비탈 밭에는 콩이 심어져 있고, 그 옆에는 시원하게 뻗은 무청이 검푸르게 자라고 있었다. 가을이 깊어지면 무를 뽑아서 무청을 말린다. 초겨울이 다가오면 콩은 두드려 생콩가루를 만든다. 그때쯤이면 콩밭에는 냉이의 푸른 잎이 올라온다. 시래기, 냉이, 생콩가루는 맛과 영양이 환상궁합이며, 산골에서 만이 맛볼 수 있는 산골사람들의 일 년 양식이었다.

내가 어릴 때다. 엄마가 절에 기도하러 가서 집에 없던 날이었다. 작은 엄마는 내게 엄마 몰래 심부름을 시켰다. 삶은 시래기를 큰집에 가져다주고 오라고 했다. 작은 엄마는 아들이 없는 우리 집에 아들을 낳아 주려고 들어온 아버지의 여자이다. 내게 작은엄마는 엄마 소리를 듣고 싶어 했었다.

경상섬유가 들어선 그곳은 논이었다. 논둑길을 지나야 큰집이 나온다. 겨울에는 염소가 나무 말뚝에 긴 줄로 묶여져 있었다. 나는 논 입구에 가면 염소가 어디 있는지 살핀다. 염소는 저쪽 멀리 논 구석에서 짚을 뜯어 먹고 있었다. 살금살금 지나가려고 하는데 어느새 낌새를 챘는지 쏜살 같이 달려와서 뿔로 확 받았다. 나는 논바닥에 나가 떨어졌다. 염소는 껑충껑충 저쪽으로 도망을 가고, 울면서 흙 범벅이 된 옷을 해가지고 나동그라져 있는 시래기를 주어서 양은그릇에 담아 큰집으로 갔다.

저녁 밥상에는 내가 가지고 온 시래기로 국을 끓여서 차려져 있었다. 염소에게 뿔로 뜨여서 논바닥에 넘어져도 시래기는 주어서 왔다고 모두들 웃으면서 저녁밥을 먹는다. 나는 국에는 손도 가지 않았다.

저녁을 먹고 큰집에서 자고 집으로 돌아가지 않았다. 집에 가봐야 시래기가 생콩가루로 분 화장을 하듯이 뽀얗게 화장을 한 작은 엄마와 생전 말을 하지 않는 엄마 둘뿐이니까.

아버지는 생콩가루시래기국을 얼마나 좋아하는지 매끼마다 국을 끓여도 아무런 말없이 먹는다. 이것을 잘 알고 있는 작은엄마는 겨울이면 국을 끓여서 아래채 작은엄마 방에 밥상을 차려놓고 아버지를 그 방으로 데리고 들어갔다. 오늘도 작은 엄마는 생콩가루시래기국을 끓여 놓고 오일장을 간 장돌뱅이 아버지를 기다리고 있을 것이다. 무덤덤히 바라만 볼뿐 국을 끓이지 않는 엄마가 어린 마음에도 답답해 보였다.

며칠을 큰집에서 자면서 돌아가지 않으니, 밤에 엄마가 나를 데리러 왔다. 엄마 등에 업혀서 집 가까이 가는데 우리 집 근처에 사람들이 웅성웅성 거렸다. 가까이 가보니 아래채 옆의 감나무에 매달아 놓은 시래기가 불이 나서 다 타버렸다. 동네아이들이 불장난을 하고 놀다가 시래기에 불이 붙었다고 했다. 감나무 아래는 숨바꼭질도 하고 아이들이 모여 노는 곳이다. 작은엄마는 불을 끄느라고 온몸을 숯검정을 해가지고 있었다. 시래기를 태우지 않으려고 아주 결사적으로 불을 끈 것 같은 모습이었다.

나는 그때 하늘을 나를 듯이 기뻤다. 엄마 등에 업혀서 혼자 가만히 웃었다. 시래기가 없으면 작은엄마가 국을 끓일 수 없을 것이라고 생각했다. 엄마는 일 년 양식이 사라졌다고 걱정이 늘어졌다.

여름이라 시래기가 없어서 부추 생콩가루 국을 끓인다. 부추의 푸른색이 드러나지 않도록 생콩가루를 하얗게 바른다. 시래기에 생콩가루 분 화장을 시킬 뿐, 나는 화장을 하지 않는다. 짙게 화장을 하면 남의 모습을 대신 해주는 밀랍으로 만든 인형같이 되니까.

나는 왜 생콩가루 국을 좋아 하는가. 어느 날 문득 어린 시절

온몸으로 시래기에 붙은 불을 끄는 작은 엄마의 모습이 떠올랐다. 그 순간 작은엄마를 이해 할 듯 했다.

양미리 된장찌개

양미리가 무리지어 연안에 떠돌고 있었다. 제철 맞은 양미리가 몰이잡기를 당했다. 가늘은 몸이 노란 끈에 엮어져 한 두름이 되었다. 얼음장 같은 바람에 제 몸 말려 허리가 꼬부라졌다.

은빛 나던 몸이 흙 갈색으로 변하여, 토막토막 잘라서 된장찌개 끓이는데 들어갔다. 그는 받는 것이 아니라 주는 것에만 익숙하여도 별일 없이 살았다. 그런 시간이 지나 아무런 힘이 없는 지금은, 몰이잡기 당하여 된장찌개 끓이는데 들어간 양미리를 닮았다.

백년만의 폭설로 온 마을은 종아리가 푹푹 빠질 정도로 눈이 쌓였다. 한겨울에는 영하 이십 도를 넘는다고 했다. 한파에 갇히기 전에 화도읍에 시장을 보러갔다. 아파트가 산중턱 쯤 높이 있었다. 내리막길을 내려가니 벌써 미끄러웠다. 낮은 다리를 건너 생명샘 교회를 지날 때 까지는 넘어질까 조바심치며 조심히 걸었다.

눈위에 장이섰다. 자판위에 생선들이 차가운 바람에 누워서도 꼿꼿했다. 노란 끈에 묶인 양미리가 눈에 들어왔다. 살짝 언듯하면서 아직은 통통한 은빛이었다. 양미리을 들여다보던 할머니가 겨울동안 말리면서 된장 끓여 먹으면 딴 반찬이 필요 없다고 했다. 나도 할머니 따라 열 두름을 샀다.

무거운 양미리을 끌고 눈밭을 걸었다. 걷고 걸어도 제자리였다. 바다에 살던 것이 산으로 가기 싫어 뒷걸음질 쳤다. 언덕바지를 올라가다 미끄러져 양미리가 눈밭에 내동댕이쳐졌다. 흰색 눈 속에 은빛 양미리가 살아서 꿈틀거리는 것 같다.

앞 베란다에 한 두름. 두 두름. 열 두름을 꺼내 놓으니 처음에는 놀라더니, 나중에는 잘 샀다고 하면서 어머니가 양미리 된장찌개를 좋아하지 하고 그는 말했다. 왜 그 말을 안 할까 하고 금방 마음속으로 생각했다. 나는 그가 하고 싶은 말이 걱정이 느껴졌다. 아픈 사람을 알아보는 건, 더 아픈 사람이었다. 혼자 있을 엄마를 생각하는 것은 내게 상처였다.

긴 막대기를 옆으로 달아놓고 양미리을 걸어 두었다. 바닥에는 스티로폼박스에 파가 한 가득이었다. 무는 김장철에 동네에 나가서 한 자루 사두었다. 안동에서 담아서 온 된장도 추위에 맛이 들어갔다.

눈은 끝이 없을 것 같이 내리고 첫 한파가 시작 되었다. 십오 층에서 내려다보니 처음에는 신비스러울 정도였다. 나중에는 몇 날이 지나도 녹지 않는 흰 눈이 무서움이 들었다.

잠결에 소란스러운 소리가 들렸다. 주위를 살펴보니 안동장터에 서 있었다. 꿈속에서도 안도하는 한숨을 쉬었다. 여름에 이사 와서 몇 달이 지나지 않았건만 시간은 몇 년이 흐른 것 같다. 나는 돌아갈 수 있을까.

잠이 깨어 창가로 갔다. 달도 없이 캄캄한 하늘이었지만 퍼붓는 흰 눈 때문에 주위는 더욱 환해 보였다. 지붕 한 귀퉁이에 비둘기 떼들이 웅성거렸다. 그들도 돌아 갈 곳을 찾아 구구 거리는 것일까. 한밤중에 나도 구구하고 소리 질렀다. 사랑하는 가족이 함께 해도 낯 설은 동네에서는 비둘기의 구구소리가 더 위로가 될 수 있었다.

며칠 눈에 정신이 팔려 양미리을 잊어버렸다. 바람에 몸이 얼어 야위어 갔다. 어제의 모습이 아니었다. 내일은 더 딱딱해져 있겠지. 바닥에 뭔가 잔득 떨어져 있었다. 양미리가 흘려 놓은 것 같은데 눈물은 아닐 테고 내장에서 나온 것인지 조금 냄새가 났다. 낮에는 녹고 밤에는 얼고 그렇게 겨울이 깊어갔다.

특히 잘 말린 작은 양미리을 프라이팬에 달달 볶다가 고추, 마늘, 양파 등 갖은 양념을 넣어 함께 볶아서 뼈째 먹었다. 그 외에도 양미리 구이, 양미리 튀김, 등 다양한 맛을 낼 수 있으며 비린 맛이 없다.

일인용 계란 뚝배기에 다시마, 멸치 물 우려서 무를 큼직하게 잘라 넣고 푹 익혔다. 양미리, 된장, 고춧가루, 마늘, 파를 넣고 뚜껑 열어 양미리가 익을 만큼만 끓인다. 한 숟가락 떠먹으면 해풍에 말리고, 눈바람에 말려서 깊은 듯 담백한 맛을 냈다.

뚝배기에 찌개가 보글보글 끓었다. 양미리 한 토막을 떠서 입으로 가져갔다. 뜨거워서 약간 찡그리다, 크게 한 숟가락 떠서 밥 위에 얹어 비볐다. 그는 늦은 점심을 먹고 있었다. 말이 없는 그는 양미리에 몰입했다. 겨우내 된장찌개를 먹느라고 꼿꼿하던 등이 굽어진 것 같다.

미안한 마음에 말을 해야 하는데 목구멍 까지 올라온 말이 입 밖에 나오지 않았다. 그도 생각이 있어서 이사를 왔겠지만, 모든 것이 내 잘못인양 사소한 그의 행동에도 가슴이 찡했다.

양미리에 갇혀 버렸다. 하루는 구이해서 양념에 무치고, 튀겨서 조리고, 어제도, 오늘도. 열 두름이 끝이 없었다. 가끔 화도읍에 나가고 겨우내 집에서만 지냈다. 생각하니 이상했다. 한파에 갇힌 것이 아니라 나는 양미리 열 두름에 갇힌 거였다.

양미리를 내려놓던 날 먼 산에는 눈이 보였다. 거의 다 먹고 조금밖에 남아 있지 않았다. 노란 끈에 엮인 것을 하나하나 빼내어서 토막을 내어 냉동실에 집어넣었다. 걸쳐 두었던 긴 막대기만 옆으로 매달려 있었다. 양미리가 흘려 놓은 냄새나던 흔적들을 깔끔히 닦았다. 스티로폼에 한가득 담겼던 대파 도 다 먹고 없었다.

문을 열면 산바람이 불었다. 나는 서둘렀다. 아직도 오지 않는 봄을 기다렸다. 어느 날 불현 듯 양미리을 매달았던 긴 막대기를 치웠다. 더 이상 몰이당한 양미리을 사가지고 오지 않기로 마음먹었다. 내 간절한 바람은 그가 가족을 위하는 마음을 조금은 내려놓으면 했다.

그때 쯤 그는 뒷산을 자유롭게 오르내리고 있었다. 아직도 말은 없지만, 표정은 양미리 된장찌개 맛같이 담백했다.

윤영유

4.3의 꿈꾸는 세상

섬 속의 섬 우도, 수국 섬이 되다

2020년 《인간과문학》 수필 등단

제주수필아카데미 회원

4·3의 꿈꾸는 세상

4·3은 아직 끝나지 않는 대한민국의 역사이다. 과거는 아무리 후회해도 바꿀 수 없지만 미래는 바꿀 수 있다. 미래를 바꾸는 열쇠는 현재 어떤 태도와 마음가짐에 따라 미래가 결정된다. 4·3과의 인연은 제주4·3평화재단으로 발령되면서 시작되었다. 공무원 파견 근무는 일본 후쿠오카(福岡)에 이어 두 번째다. 4·3평화재단에 근무하면서 나름대로 해원, 상생, 화합을 목표로 정하고 모든 일을 하기로 결심 했다.

제주에 살면서도 4·3에 대해서 잘 알지 못한 이유는 국가가 국민의 생명과 재산을 보호하고 지켜야 하는데 국가의 책무를 다하지 못한 탓에 철저히 보안을 지켜왔기 때문이다. 4·3을 이해하기 위해 재단에서 발간한 '제주 4·3의 진실'과 '4·3과 평화' 등 책을 읽었다. 퇴근 후에는 4·3과 관련된 교수, 작가, 전문가, 유족, 아카데미, 세미나, 토론회, 전시회 등을 통해 이해하는 기회가 되었다. 4·3은 한국 현대사에서 한국전쟁 다음으로 인명 피해가 극심했던 항쟁이다.

1947년 3·1절 발포사건과 1948년 4·3 무장봉기로 촉발되었던 4·3은 무장대와 토벌대 간의 무력충돌과 토벌대의 진압과정에서 2만여 명에서 3만여 명의 인명피해를 가져왔다. 가옥 4만여 채가 소실되었다. 중산간 지역의 상당수 마을이 없어져서 폐허로 변했다. 학교, 면사무소, 경찰지서 등 공공기관 건물이 불탔으며 각종 산업시설이 파괴되었다.

재단에 발령받아 처음 시작한 사업은 '제주 4·3 추가진상조사

사업'이다. 2012년 3월에야 P를 조사단장으로 위촉하여 제주 4·3 추가 진상 조사단'을 구성하였다. 마을별 4·3 피해 실태 조사를 실시했다. 4·3위령제는 민간에서 시작으로 1999년부터 제주도가 봉행하였다. 2008년 재단설립 이후 추모사업의 일환으로 재단이 담당하게 되었다. 위령제는 정부행사라 준비는 2월부터 시작한다.

두 번에 걸쳐 "제주 4·3 항쟁 희생자 위령제"를 경험했다. 2012년 제주 4·3 항쟁 희생자 위령제는 폭설 및 광풍으로 역사상 처음 위령제를 실내행사로 개최되어 유족 및 도민들로부터 원성이 많았다. 2013년에 실시한 제주 4·3 항쟁 희생자 위령제는 처음으로 일본, 서울, 부산에서 제주와 동시에 위령제를 실시했다.

2012년 광주 5·18 광주기념식에 즈음하여 동아시아 국가 중 아픔을 함께하는 국가끼리 연대를 통해 세계의 평화정신과 인권을 이루자는 공감대가 확산하게 되었다. 제주 4·3 해결에도 도움이 되겠다고 판단되어 동참하게 되었다. 이를 통해 4·3 정신의 세계화, 보편화와 국민통합을 위해 국내·외 9개 단체와 동아시아 민주평화인권 네트워크 MOU체결을 했다. 체결 후 4·3 문제의 국제적 해결방안을 논의하기 위해 제2회 제주 4·3 국제 평화 심포지엄을 열었다. 그 밖에도 제주 4·3 평화문학상 제정, '제주 4·3 사건 진상 보고서' 영문·일문 번역, 제1회 4·3 평화의 길 걷기, 4·3 역사 문화 아카데미, 4·3 기록물의 유네스코 기록유산등재를 위한 도의회와 공동주관 4·3정책세미나를 개최했다.

제주 4·3 평화재단 업무를 추진하면서 잊을 수 없는 경험은 2013년 1월에 K 재단이사장과 함께한 도내 17개 마을에 설치된 위령비를 순회하면서 참배하는 행사다. 재단이 생긴 이래 처음 해보는 행사라 할 수 있을까 걱정이 앞섰다. 하루에 서너 마을을 동서로 나누어 행사가 진행되고 화환과 祭酒, 향 등 준비하면 된다. 일상적인 업무와 겹치지 않기 위해서 아침 7시에 출발하고 오전 10시 정도에 돌아와야 하는 일이 힘이 들었다. 약 1주일이 걸렸다. 그전에는 느껴보지 못했지만 제주의 겨울은 12월 보다는 1월이 더 춥다는 것을 느꼈다. 4·3당시의 희생자와 유족들의 아픔과 고통을 몸소 체험하면서 희생자 유족에게 뭔가 도움이 되는 일이라면 최선 다하려고 노력했다. 행사가 무사히 끝나서 뜨거운 열기를 느꼈다. 행사를 마친 어느 날 K 이사장은 "4·3 영령에게 정성을 다하면 희망하는 것들이 다 이루어지네."하면서 격려했는데 2013년 사무관 심사 대상자로 선정되어 다음해 이사장 말대로 사무관으로 승진하였다.

도청 복귀 후에도 4·3에 대한 관심과 참여는 계속되었다. 정부는 2014년 3월 4·3 희생자 추념일이 법정기념일로 지정되면서 추념식을 제주도가 행사를 주관했다. 도에서는 4·3 희생자 추념식을 홍보할 슬로건을 공모했다. 공무원도 제주도민의 일원으로 참가했다. 나는 제67주년 '제주의 평화마음, 세계로 미래로'라는 슬로건을 응모했더니 선정되었다. 다음해도 4·3에 대해 관심이 있다 보니 또 공모에 응모했다. 제68주년 '희생 속에 핀 4·3의 꽃, 빛이 되어 화해와 상생으로'가 또 선정되었다. 제69주년 '4·3의 평화 마음, 세계인의 사랑받는 제주로'가 또다시 선정으로 유일하게 3년 연속 제주 4·3 희생자 추념식 슬로건 공모에 선정되는 영광을 얻었다.

지난 2년간 4·3평화재단에서 근무한 경험을 인정했는지 제주도청 4·3 지원팀장으로 발령을 받았다. 공무원이라 하면 누구나 도청에서 근무하기를 꿈꾼다. 고생 끝에 낙인가. 힘든 과정을 묵묵하게 내일처럼 여기며 일한 보람이었다.

2016년도를 4·3 치유정신 세계적인 보편적 가치로 승화'를 목표로 국민대통합위원회의 모범사례인 4·3 희생자 유족회와 재향경우회

'화해·상생'의 만남 행사를 열었다. 계속해서 제69주년 추념식 봉행, 4·3길 조성 및 운영활성화 등 4·3을 알리기 위한 여러 가지 사업을 추진했다. 제주 4·3 제70주년 기념사업 준비, 4·3희생자 및 유족복지사업, 4·3유적지의 체계적 관리·정비 등 5대 정책과제를 추진했다. 이 외에도 4·3완전해결을 위한 국정운영 100대 과제 반영하여 현재도 지속 추진되고 있다.

4·3 희생자 및 유족 추가 신고 문제는 그간 4차 신고가 있었으나 과거의 연좌제 문제 등으로 미신고 유족이 많아 도지사 공약으로 추진되었다. 4·3 지방공휴일 지정 추진은 법적인 문제에도 불구하고 지방분권차원에서 해결했다. 4·3 기록물 유네스코 기록유산 등재추진은 70주년이 넘고 있어서 기록유산으로 보존가치가 있다고 보아진다.

이밖에도 4·3 평화기념관 상설전시실 리노베이션, 4·3 평화공원 관리운영 민간위탁 사업, 4·3 평화교육센터 및 어린이체험관 운영을 활성화했다. 무명천 진아영 할머니 삶터 문화시설 조성사업과 행방불명인 유해 유전자 감식사업 등을 역점을 두어 추진했다.

이처럼 희생자의 넋을 기리고 유족의 한을 풀고 아픔을 나누었던 많은 일들을 추진하면서 다소 힘들기도 했지만 지금 생각해 보니 아름다운 추억으로 주마등처럼 스쳐간다. 그동안 추진했던 일들은 공직자로서 사명을 갖고 4·3의 정신인 평화와 인권, 화해와 상생을 널리 알리는데 최선을 다한 데 대해 책임과 함께 보람을 느껴진다.

이제 4·3은 대한민국의 역사로서 사건이 아닌 항쟁으로 정명을 정하여 白碑를 세우고 희생자의 명예회복과 특별법 개정을 통하여 국민들에게 꿈과 희망을 줄 수 있도록 해야 한다. '역사를 잊은 민족에게는 미래는 없다'라고 하듯 현 세대와 미래세대를 위해 평화와 인권, 화해와 상생의 4·3 정신이 교육을 통해 세계의 정신으로 이어가길 소망한다. 4·3에 대한 나의 체험이 일상생활 속에서 살아 있는 역사의 가치로 숨 쉬길 다짐해 본다.

섬 속의 섬 우도, 수국 섬이 되다

우도는 나의 고향이다. 우도 섬 전체가 하나의 용암지대로 완만한 경사를 이룬 비옥한 토지와 풍부한 어장을 보유하고 있다. 제주의 섬 중 제일 큰 섬으로 한국에서 가 봐야 할 아름다운 50곳, 한국인이 꼭 가봐야 할 대표 관광지 100선에 선정되었다. 우도팔경 등 자연의 신비를 간직한 천혜의 경승지가 많아 매년 관광객이 200만 명이 찾는다. 농림축산식품부가 주관한 향토 산업 육성 대상에 '우도땅콩'이 명품으로 선정되기도 했다. 요즘은 대한민국 10대관광지 중의 하나일 정도로 국내·외 관광객들에게 각광을 받고 있다. 우도사람은 어떤 노력을 해야 할지 의문이 든다.

꽃은 우리의 삶 속에서 빼놓을 수 없는 가치를 가진 식물이다. 꽃은 선하고 착한 사람의 눈으로 보아야 꽃이다. 하늘에 꽃은 구름이고 우주의 꽃은 사람이다.

수국은 한자 이름은 수구화繡毬花인데 비단으로 수를 놓은 것 같은 둥근 꽃을 뜻한다. 수구화는 모란처럼 화려한 꽃이 아니라 잔잔하고 편안함을 주는 꽃이다. 꽃 이름은 수구화에서 수국화, 수국으로 변한 것으로 보인다.

수국은 6~7월경에 대부분 꽃이 피지만 품종 개량된 수국은 가을에도 꽃이 핀다. 온도조절이 가능한 하우스 시설인 경우는 사계절 수국 꽃을 볼 수 있어 계절의 무상함을 느낀다. 현재 수국은 전 세계로 퍼져 수많은 품종들이 만들어 지고 있다. 수국 꽃은 작은 꽃들이 모여 하나의 꽃을 완성한다. 수국의 학명은 Hydranger는 그리스어로'물'이라는 뜻이며, macrophylla는 '아주 작다'는 의미를 가지고 있다. 이름에서 알 수 있듯이 수국은 물을 엄청 좋아하는 식물이다. 특히, 꽃이 피어있는 동안 물이 부족하면 꽃이 금방 지거나 말라 버릴 수도 있다.

수국 꽃은 처음 필 때는 연한 보라색이던 것이 푸른색으로 변했다가 다시 연분홍빛으로, 피는 시기에 따라 색깔을 달리하기 때문에 수국의 꽃말은 색깔별로 다르다. 푸른색과 파란색 수국은 '참을성이 많은 애정', 핑크색과 붉은색 수국은 '씩씩하고 튼튼한 여성'이라는 의미를 가지고 있다. 흰색 수국은 '관용 한결 같은 애정 마음의 방황 넓고 상냥한 마음', 보라색과 자주색 수국은 '변덕, 바람기 변절' 등 좋지 않는 꽃말이지만 적자주색에서 핑크색으로 변하면 이때는 '건강한 여성'이라는 꽃말을 가지게 된다. 초록색은 따로 정해진 꽃말은 없지만, 녹색으로 유명한 수국 품종인 에너벨이 있는데 이 꽃말은 '한결 같은 사랑'이다. 프랑스에서는 수국꽃말은 의외로 '건강한 여성' 또는 '참을성의 강한 애정'이라고 한다. 그 이유는 수국 꽃이 피는 무렵이면 날씨도 따뜻하고 기후가 좋고, 장마철 계속되는 빗속에서 계속 피어나는 수국 꽃이 참을성이 강한 꽃으로 비춰지기 때문이다.

이렇듯 수국은 우도사람들이 살아가는 모습을 닮고 있다. 작은 꽃들이 모여 하나의 꽃을 완성해 살아가는 모습과 물을 좋아하고 갈망하는 모습이어서다. 물은 겸손, 조화, 개방성이라는 본성을 갖고 있다.

수국과의 인연은 2015년 8월 우도면장으로 발령 받으면서 시작되었다. 우도민의 행복 및 발전을 위한 50대 사업 중 '사계절

꽃피는 거리조성'의 일환으로 수국과 동백나무 심기 운동을 추진할 것을 약속했다. 약속은 했지만 수국에 대한 정보는 알 수 없었다. 우선 정보를 얻기 위해 도내에서 열리는 수국전시회, 수국축제 등을 통해 수국전문가들을 만났다. 그 중 우도가 고향인 K를 만났다. 그 분을 통해 수국실태 및 수국의 식성, 키우는 방법, 관리방법 등을 들었지만 수국을 이해하기란 힘들었다. 그 분과 함께 수국을 키우는 현장을 보고 전문가들로부터 직접 들으면서 제주에 수국의 종류가 300여종이 있다는 것을 처음 알았다.

우도를 수국의 섬으로 만들자라고 결심하였지만 인생은 자신이 생각대로 되는 것이 아니었다. 2016년 7월에 제주도청 4·3지원팀장으로 발령되어 주민과의 약속한 '우도, 수국섬'의 꿈은 위기를 맞았다. 이젠 꿈은 이루지 못하고 포기되는 줄 알았는데 2018년 4월 우도면 종합발전계획에 대한 용역에 '수국플라워 가든'사업이 포함되어 사업이 새롭게 추진하게 되었다. 위기에 봉착했던 사업이 다시 희망을 갖게 되었다. 이에 따라 우도면에서는 학교, 도로변 등에 수국심기사업을 시작하였으나 수국의 특성을 잘 몰라서 관리부족으로 매번 사업에 실패했다.

이를 지켜보던 K는 고향을 사랑하는 마음에서 담수장인근 공유지(16,500㎡)에 우도면에서 허락하기를 원했다. k의 3년간 매해 수국 1,000여본 이상을 우도에 기증하겠다는 제안으로 우도면에서는 수락했다. '우도 수국 섬' 운동이 성공적으로 추진하기 위해서는 조직이 필요하여 수국을 좋아하는 사람들로 'Hello 우도수국회'를 만들어 활동하고 있다. 2020년 올해 제주수국 100여종 1000여본을 지역리더 및 회원, 지역주민 등을 참여하여 심었다. 2021년 1000여본을 심고, 2022년 1000여본을 심으면 K가 기증한 3000여본을 수국심기가 완료하게 된다.

제2의 인생은 고향에 돌아가 어머니를 모시고 수국 가꾸기를 희망한다. 문학과 더불어 고향발전을 위해 조그마한 힘이나마 도움을 주며 즐겁게 지내리라.

이제 '우도 수국플라워 가든'을 만들어 지고 이곳에서 생산된 수국을 통해 삽목이 될 것이다. 우도내 국·공유지, 공한지, 도로변, 학교, 집주변 등으로 확대하여 우도땅콩이 아닌 수국을 심는 다면 2025년에는 우도 전체가 수국향기로 가득차고 세계에서 유일한 수국의 섬이 될 것이다.

우도는 수국을 통해 수국플라워 가든-우도등대공원- 우도봉-검멀레(동안경굴)를 벨트화하면 하늘과 땅 그리고 우도 섬 전체가 아름다움 모습으로 어우러지게 된다. 우도올레길 및 우도팔경 등이 함께 하는 관광 상품 개발로 관광객들에게 오감으로 느끼고 체험할 수 있는 즐거움과 기쁨을 주는 추억의 여행이 될 것이다.

2025년 우도에는 수국의 섬을 선포할 계획이다. '우도 수국 섬 축제'를 우도소라 축제와 병행한다면 우도가 수국의 섬으로 전 세계적으로 홍보가 될 것이다. 이렇게 되면 우도수국을 소득사업과 연계하여 꽃 화분, 꽃다발, 꽃바구니, 결혼부케, 수국 전통차 상품개발 및 판매 등 활성화로 수국을 산업으로 육성해 나갈 수 있다.

수국은 종류와 꽃이 다양하여 아름다운 꽃과 향기로 사람과 환경 그리고 지역을 사랑하는 공동체의 꽃으로 사람에게 신비로운 매력을 주는 힘을 갖고 있다. 이렇듯 우도는 수국의 섬을 통해 한국의 섬을 넘어 전 세계인으로부터 사랑받는 희망의 섬이 될 것이다. 희망 수국은 이 지역의 소망이며 또 꿈이며 미래이니까.

이재숙

당신이 살아야 하는 이유
봄은 벚꽃 향기에 실려

2020년 《인간과문학》 수필 등단

당신이 살아야 하는 이유

갑자기 수은주가 곤두박질쳤다. 겨울옷을 찾느라 옷장을 뒤졌다. 이것저것 고르다보니 옷장 안은 난장판이 되었다. 정리를 미루고 바삐 집을 나섰다. K할머니가 나를 기다리고 있기 때문이었다.

나는 요양보호사이다. 이 일을 시작한 지 얼마 되지 않은 것 같은데 벌써 2년이란 시간이 지나갔다. 비교적 경증에 속하는 4등급 할머니 한 분과 연결되어 서비스를 하고 있다. 월요일과 수요일, 그리고 금요일은 오전 9시 30분에 할머니 집에 도착해 그녀를 내 자동차에 태우고 신장투석을 하기위해 병원으로 가서 오후 2시에 집으로 돌아온다. 화요일과 목요일은 그녀가 원하는 시간에 1시간 동안 방문하여 식사를 챙긴다. 운전하는 것은 별 무리가 없는데 휠체어를 차에 싣고 내리는 일이 여자로서 버겁다.

그녀는 키가 크고 체격이 좋다. 나이에 비해 얼굴주름은 없는 편이지만 병 때문인지 혈색이 좋지 못하다. 이목구비가 시원시원한 그녀를 보면서 젊은 시절 꽤나 미인이었음을 짐작하게 된다. 그녀는 16살에 결혼하여 3남 2녀를 두었다. 남편의 바람기와 폭력으로 결혼생활 곳곳에 얼룩이 묻어났다. 인생에서 남편과의 결혼기간을 모조리 지우고 싶다고 했다. 그녀의 남편은 막내가 4살 무렵 다른 여자가 생겨 딴 살림을 차린 뒤 이혼을 요구했다. 아이들을 생각하면 막막했지만 더 이상 남편에게 시달리지 않아도 된다는 생각에 서류에

도장을 찍었다. 하지만 여자 혼자서 다섯 아이를 키우기가 쉽지 않았다. 젊음을 무기삼아 공사장일, 청소, 식당의 허드렛일 등 온갖 잡일을 마다하지 않았다. 오로지 아이들과 먹고 살기 위한 발악이었고 발버둥이었다.

아이들이 있으니 셋방 구하기가 쉽지 않았다. 간신히 구했다 해도 방세를 제때 내지 못해 밀리는 달이 많았다. 가난했지만 아이들이 커가는 모습을 보면서 행복했다고 했다. 하지만 딱 한 번, 연탄을 훔친 일은 지금까지 용서가 되지 않았다. 그녀는 늘 회개하며 살았다면서 서울 후암동의 다세대주택에서 살 때 이야기를 해주었다.

추운 겨울이었다. 한꺼번에 연탄을 들여놓을 돈이 없어 새끼줄이 달린 연탄을 몇 장씩 사서 간신히 단칸방 구들을 데우는 시늉만 했다. 주인집 연탄 광에 그득히 쌓여있는 까만 연탄이 그렇게 부러울 수 없었다. 어느 날 저녁 일을 마치고 집에 와보니 방에서 세 아이가 이불을 뒤집어쓰고 오돌오돌 떨고 있었다. 아이들을 보고 정신이 번쩍 들었다. 그제야 연탄이 떨어진 지 여러 날 되었음을 알았다. 달력을 보니 월급날이 머지않았다. 조금만 참자며 장롱에서 이불을 모두 꺼내 아이들에게 덮어주었다. 까만 머리만 쏙 내민 아이들을 보고 있자니 눈앞이 흐려져 밖으로 뛰쳐나왔다. 한참을 마당에 정물처럼 서서 눈물을 훔쳤다. 얼마나 지났을까. 주인집 연탄 광이 뿌옇게 눈에 들어왔다. 바늘로 살을 찌르는 듯 불어오는 찬바람에 이성을 잃고 말았다. 연탄 두 장을 끌어안고 나와 늦은 밤 아궁이에 불을 피웠다. 다행이 주인집아주머니는 그 사실을 몰랐다. 사실을 털어놓고 월급을 받으면 채워주겠다고 말하려 했으나 용기가 나지 않았다. 혼자만 아는 도둑질이 평생 가슴에 남아있다고 했다. 지금도 교회에 가면 회개의 기도를 빼먹지 않는다고 했다.

학교 대신 공장으로 내몰린 아이들 덕분에 어느 정도 궁핍한 생활은 면하게 되었다. 후에 장남은 검정고시를 치르고 대학졸업 후 대기업에 직장을 잡아 결혼을 했다. 잘나가는 대기업 가문의 딸과 결혼을 해 생전처음 호텔음식을 먹어봤다고 말하는 그녀의 표정이 행복해 보였다. 하지만 행복은 거기까지였다. 그 어려움을 겪고 키운 장남이 간암 선고를 받고 몇 해 전 세상을 떠났다. 게다가 둘째아들마저 결혼하자마자 호주로 떠나 아직까지 한 번도 그녀를 찾지 않았다. 그즈음 난소암이 발병하고 당뇨가 오더니 신장이 망가졌다. 삽시간에 그녀의 몸과 마음은 넝마조각마냥 너덜너덜해졌다.

지금 그녀는 막내아들내외와 살고 있다. 서울에 사는 두 딸이 주말마다 번갈아 찾아와 막내 동생내외의 수고를 덜어준다. 그녀가 투석하고 있는 4시간 동안 나는 그녀 집으로 가 방과 화장실을 청소한다. 입맛이 써서 식사를 제 때 못하는 그녀를 위해 먹을 만한 반찬 한두 가지를 만들어 놓고 남는 시간에는 책을 읽는다. 치료가 끝날 때를 맞춰 병원으로 가 지친 그녀에게 옷을 입히고 휠체어에 앉힌다. 초죽음이 된 그녀는 의자에 쓰러지듯 주저앉는다. 얼굴은 온통 거무스름해져있고 눈이 퀭하다. 그녀는 차에 타고 가는 동안에도 연신 숨을 헐떡였다. 그리고 떠듬떠듬 힘겹게 말했다. "선생님 배가 고파도 아무거나 양껏 먹지 못하고, 숨이 차서 헐떡이고 누군가의 도움 없이는 아무것도 못하는데 이 몸으로 살아야 할까요? 도대체 왜 살아야 하나요?" 그녀보다 살아온 날도 짧고 경험도 모자란 나는 어떤 대답을 해야 할지 몰라 가만히 그녀의 손만 잡아 주었다. 그녀는 세상 모든 것이 귀찮다는 듯 자동차 시트위에 아무렇게나 몸을 늘어트렸다. 어깨와 가슴만이 바쁘게 들썩였다. 뒷좌석에서 가만히 지켜보던 막내아들이 엄마를 위로했다. "엄마 그런 말 마세요. 아버지 없이 그

가난하고 궁핍한 세월 속에서도 우리를 버리지 않고 키워주셨잖아요. 그것만으로도 얼마나 감사한지 몰라요 얼른 기운 차리세요." 그의 목소리에 안타까움이 묻어났다. 운전을 하는 내내 가슴이 먹먹했다. 나의 어떤 말도 그들을 위로할 수 없었다. 불현 듯 며칠 전 맹난자 수필가 작품에서 읽었던 '료오칸'의 시가 떠올랐다. "떨어지는 벚꽃/ 남아있는 벚꽃/ 떨어질 벚꽃"

우리도 언젠가는 '떨어질 벚꽃'이 될 것이다. 마지막 생명이 다할 때까지 붙들고 살다 곱게 떨어지는 벚꽃이 되고 싶다. 그러기 위해 나는 틈틈이 책을 읽고, 글을 쓰며 일을 한다. K할머니도 나도 그때까지 서로에게 좋은 인연이고 싶다. 갑자기 기온이 떨어져 밖은 싸늘하지만 왠지 내 마음은 뜨겁다. 한없이 푸근하다.

봄은 벚꽃 향기에 실려

바람이 창을 흔든다. 창가로 가 스르륵, 창문을 연다. 봄이다. 볼에 스치는 바람이 어제와 다르다. 사뭇 부드럽다. 봄을 맞고 싶어 밖으로 나간다. 햇살이 따스하다. 살며시 눈을 감고 뜰을 거닌다. 발자국마다 봄이 익는다. 눈을 뜬다. 햇살이 온통 나를 뒤흔든다. 봄에 취해 정신이 아득해질 무렵, 포천에 사는 친구 명일이가 구례로 꽃구경 가자는 연락을 해왔다.

구례. 늘 가고 싶었던 곳이다. 하지만 그러고 싶었을 뿐 망설이기만 했던 곳이기도 하다. 거리도 거리려니와 워낙 유명한 곳이니 상춘객들로 발 딛을 틈이 없을 것이란 생각에서였다. 꽃을 만나러 간다는 설렘보다는 길바닥에서 옴짝달싹 못하고 묶여있는 텔레비전화면 속 사람들이 떠올라 이내 포기하곤 했다. 그래도 구례는 여전히 나를 설레게 한다. 섬진강을 따라 흐르는 물줄기와 흰 눈이 내려앉은 것 같은 매화 꽃밭, 그리고 눈 두는 곳마다 만날 수 있는 벚꽃, 또 중학교 친구 봉례가 함께 떠오르는 곳이기 때문이다.

내가 다니던 중학교는 파주시 작은 동네 식현리에 있다. 집에서 학교까지는 걸어서 40여분 걸린다. 비포장도로인 신작로 양쪽에는 참외와 수박이 잎사귀 뒤에서 숨바꼭질하며 익어갔다. 수양버들과 미루나무가 더위에 지쳐있는 길을 따라 친구들과 수다를 떨며 걷다보면 저만치 뿌연 먼지를 끌고 버스가 달려왔다. 버스가 지나가면 우리는 한바탕 난리를 피웠다. 입을 막고 캑캑거리다 발을 구르다가 손사래를 치다가, 버스기사에게 있는 대로 한바가지 욕을 쏟아내곤 했다. 먼지를 뒤집어 쓴 얼굴을 서로 마주보며 배를 움켜쥐고 웃었다.

입학해서 얼마 지나지 않은 어느 봄날, 한 아이가 우리학교로 전학을 왔다. 담임선생님을 따라 들어온 아이는 키가 크고 몸집이 우리보다 좋았다. 교복이 아닌 승복을 입고 있었다. 까까머리 낯선 모습으로 수줍게 서 있는 그 애를 선생님은 봉례라고 소개하셨다. 커다란 얼굴에 외꺼풀 눈, 두툼한 입술, 그리고 유난히 붉은 뺨이 생각난다. 봉례는 우리와 다르게 조용한 아이였다. 후에 나보다 서너 살 위라는 것을 알았다. 어려서부터 구례에 있는 어느 절에서 자랐다고 했다. 멀리서 온 전학생이었고 스님인데다 온화하고 유창한 말솜씨가 나의 관심을 샀다. 선생님을 비롯해 다른 친구들도 봉례를 좋아했다. 그 애가 들려주던 구례의 매화나무와 벚꽃과 섬진강의 아름다운 봄 풍경, 지리산의 여름과 피아골의 겨울이야기를 들을 때면 나는 구례가 어느 곳에 있는지도 모르면서 상상의 나래를 펴곤 했다. 나는 꼭 한번 그곳에 가보고 싶다고 봉례에게 해맑게 웃으며 말했다. 봉례도 꼭 같이 가자며 웃어주었다. 하지만 봉례는 학년을 다 마치지 못하고 다시 절로 돌아갔다. 봉례에게 무슨 사연이 있었는지 우리는 알지 못했다. 봉례가 들어간 절이 구례에 있다는 것 밖에 어느 절인지 이름도 정확히 기억나지 않는다.

구례에 도착했다. 우리는 화엄사로 가는 길에 차를 세웠다. 입구까지 걸어가기 위해서였다. 나는 내 눈을 의심할 정도로 빼어난 그곳 풍광에 놀랐다. 멀리 그림 같이 늘어진 산줄기도, 길가에 가득한 매화나무와 벚나무도, 맑고 푸르른 하늘도 모두 신비로웠다. 우리는 신작로 양쪽으로 끝이 보이지 않게 서 있는 매화나무를 따라 걸었다.

매화나무는 거칠고 메마른 가지에서 가녀린 꽃잎을 내밀어 바람에 흔들리고 있었다.

잎도 가지지 못한 채 꽃받침위에 오롯이 하얀 꽃을 피워낸 매화. 겨울을 이겨낸 매화나무를 보며 봉례가 걸었던 구도의 길도 이 길과 다르지 않을 것이란 생각을 했다. 갑자기 마음이 아려왔다. 그녀는 지금 매화나무의 꽃길처럼 그녀만의 길을 걸어가고 있을까. 발자국마다 매화꽃향기가 날 것 같은 그녀의 삶에 응원의 마음을 보낸다. 잠시 매화나무를 올려다봤을 때 바람이 불어와 눈으로 머리 위로, 꽃잎이 마구 떨어져 내렸다. 나는 떨어지는 꽃잎을 보면서 봉례를 생각했다. 그리고 안도현 시인의 시 한 구절을 멋들어지게 읊었다.

벚나무는 술에 취해
건달같이 걸어가네
꽃 핀 자리는 비명이지마는
꽃 진 자리는 화농인 것인데
-안도현, 〈벚나무는 건달같이〉 부분

온 천지에 흐드러지게 핀 매화를 보았다. 사람은 그리움에 몸살을 앓고, 매화나무는 그 사람들 때문에 몸살을 앓는 중이었다. 명일이와 나는 매화마을로 들어가 막걸리와 파전을 시켰다. 차가운 막걸리가 목을 타고 내려가며 봉례를 향한 그리움까지 삼켜버렸다. 막걸리 때문인지, 봄 향기 때문인지 명일이의 볼이 발그레해졌다. 그녀의 안경알에 매화꽃이 가득 들어찼다. 봉례를 만나지 못했지만 그날 하루만이라도 봄 속으로 풍덩 빠져들어 봄 길을 마냥 걷고 싶었다.

조용한

남겨진 머그잔

비밀 공간

짠한 잠

2018년《인간과문학》수필 등단

남겨진 머그 잔

머그잔 두개가 바닥으로 떨어졌다. 하나는 씽크대 쪽으로 굴러갔고, 하나는 발밑에서 반으로 쫙. 손잡이가 뚝.

표면에 꽃무늬 하나 없이 달랑 손잡이 하나였던 머그잔. 잘 빠진 컬러에 단순하면서도 입술에 다이면 부드럽게 파고 들었던 예쁜 곡선. 무엇보다 내겐 정말 마음과 정성이 담긴 어디에도 찾아 볼 수 없는 머그잔이었다.

13년 전. 호텔 설계도면을 받고 객실에 놓일 비품들을 논의할 때, 그때 특별히 자체 제작을 하기로 했던 제품들 중 하나였다. 밤새 모양을 본뜨고 수 없이 그렸다 지웠던 디자인들이었지만 잘 빠진 본 모습에 밑 부분과 손잡이만 사선으로 빗살무늬를 넣기로 했던 머그잔. 몇날 며칠을 밤새워 가며 고심 끝에 완성된 제품. 그 누구의 평가보다 내 스스로가 마음에 들었던 잔이기에 주문량보다 10개를 더 추가로 만든 뒤 가까운 지인에게 곱게 포장하여 선물을 주고 남겨둔 한 쌍의 머그잔이었다. 그리고 아주 가끔 그날의 열심이 생각날 때. 그때는 따끈한 마음을 가득 담고 그 사람과 함께 나란히 앉아 마주보며 추억을 불러들이기도 했었다. 그랬었다. 그런 잔이 한동안 찾아줌이 없는 내게 많이도 서운했던 것 같다. 어쩌면 외면 받았다고 느낀 것은 아닐까 싶다. 긴 세월을 장식장에만 넣어 뒀으니 말이다. 에고. 그래도. 그렇게 했어도 내 지난날의 흔적인 것을.

아들 덕에 해외여행 갔던 친구가 선물삼아 들고 온 와인을 함께 음미하기 위해 안쪽에 있는 와인 잔을 꺼낸다는 것이 그만 바깥쪽에 있는 머그잔이 바닥으로 떨어진 것이다. 순간 '어쩌나'를 반복했지만 쓰린 마음은 표현할 길이 없었다.

나는 친구를 소파에 앉게 하고 깨진 잔을 하나. 하나 주워들었다. 깨진 것이 서러움인지. 정든 미련 접기 위함인 것인지 잡는 끝마다 날카롭기가 예사롭지 않았다. 마치 내 손에 검붉은 꽃을 피우므로 이별을 알리려는 듯하다. 누구의 잘잘못으로 깨졌다고는 할 수 없지만 분명한 것은 스스로 깨진 것이 아님에도 불구하고 짧은 순간에 애물단지가 되어 버렸다는 것이었다. 남은 것은 씽크대 밑으로 굴러간 잔. 나는 혹시나 하는 생각에 멀쩡해 보이는 잔을 조심스레 들었다. 왠지 짝을 보낸 설움을 이기지 못하고 함께 가겠다며 좌악 쪼개질 것만 같은. 그러나 보임에는 금도 깨짐도 없이 아무 일 없다는 듯 멀쩡한 잔이다. 소파에 앉아 있던 친구 다가오며 한마디 했다. 둘 다 깨졌으면 어쩔 뻔 했냐고. 하나만 깨져서 다행이라고. 글쎄.

두개가 한 쌍 되어 귀함을 품다가 어떠한 난관 앞에 한 짝을 멀리 보내고 홀로 남아 있음이 다행인 것일까? 기나긴 세월을 장식장 안에서 홀로 있어야 하는 것을 과연 다행이라고 할 수 있을까? 만약 보낸 짝을 잊지 못하고 그 뒤를 따르고 싶어 한다면? 앞으로 남은 무수히 많은 날들이 외롭고 아픈 고통으로 남겨진다면? 더구나 처음부터 하나가 아닌 둘이었다.

나는 멀쩡해 보인 잔을 싱크대 위에 올렸고 친구는 나를 돕고자 장식장 안에 넣으려 했다.

"아니 넣지 마"

"왜"

"내놓고 쓰게"

홀로 남겨짐이 두려웠을 것이다. 어쩌면 큰 아픔을 감췄는지 모르겠다. 떨어지는 순간 새까맣게 들었을 멍도 감췄을 것이다. 나도 그랬다. 내가 만나 선택하고 결정해서 맺은 인연이었지만 한 번 깨진 관계는 돌이킬 수 없는 관계가 되어 있었다. 잡으려 하면 잡을수록 그는 점점 멀어졌고 나는 작아졌다. 작아지면 작아질수록 내 삶에 의욕은 끝없는 벼랑 끝으로 몰리게 되었다. 그렇게 시작된 방황은 나락으로 떨어진 뒤에서야 두 눈을 뜨게 되었다. 더 이상 미련에 아픔이 더해질까 하는 무서움으로 결국은 나도 그를 외면을 했다. 그리고 당당하게 보냈다. 가라고. 잘 가라고.

친구는 싱크대 위에 잔을 내려놓으며 말했다.

"자긴 생각이 너무 많아서 문제야"

이리 태어난 걸 어찌하겠는가? 한 쌍으로 내게로 와 장식장 안에서 추억을 담은 장식품이었다면 앞으로 내 손에서 커피를 담아 희망을 주고 싶어졌다. 반쪽 삶이라도 살아 있으면 살아야 하듯이 홀로 남겨진 잔이라도 멀쩡하다면 그 가치를 나타내야 되지 않을까 싶었다.

참 내가 우둔 했었다. 나란히 있을 때는 눈길 한번 줄 시간 없다고 하더니 생이별 되고 나서야 남은 잔에 관심을 보이고 있으니 말이다.

나는 신문지를 이용하여 깨진 잔을 싼 다음 그대로 휴지통에 넣었다. 그리고 마음 속 구석에 남은 그 인연까지도 꼼꼼하게 싼 다음 그대로 휴지통에 넣었다. 혹시나 남은 연민이라도 있다면 그것마저도 미련 없이 휴지통에 고스란히 넣었다.

아무리 오래 동안 함께 했다고 한들 이미 깨진 것을 붙을 수는 없고 또한 이미 깨진 인연이라면 붙여서도 안 되는 일이었다.

"나 이상해?"

"너무 의미부여 하지 마. 고이면 썩어"

그랬다. 나는 모든 관계에 너무 많은 의미를 부여했다. 그리고 그 성격은 쉽게 고쳐지지가 않을 것 같다. 어쩌겠나. 천성인 것을.

그러나 나는 의외로 단순하다. 내 집도 단순하다. 정확히 말하면 복잡한 것을 좋아하지 않는다. 하루 종일 쥐가 나는 머리를 집에서만큼은 쉬게 하자는 마음이 간절하기 때문이다. 집안 구석구석을 둘러 봐도 있어야 할 것만 있고 없어야 하는 것은 전혀 없다. 집안을 꾸밀 줄도 모르지만 꾸미는 것도 싫어한다. 물건을 사는 것도 싫어하고 버리는 것은 더더욱 싫어한다. 흐트러진 모습도 공간도 싫어한다. 모든 것이 딱 그 자리에 있을 때, 그때서야 나는 집에서도 쉼을 얻는다. 이런 내가 내 손으로 만들어 낸 것을 내 손으로 버렸으니 또한 내가 맺은 인연 내가 보냈으니 편치 않는 마음을 어찌 하겠는가.

술을 즐기는 나를 위해 특별히 준비했다는 와인. 값나간 와인이라고. 마음에 들 거라던 와인. 나는 친구가 따르는 와인 한 잔을 받았다. 그리고 나도 친구에게 한 잔을 따랐다. 친구는 와인을 마셨고 나는 고인 내 과거를 마셨다. 우리는 같은 공간에서 같은 와인을 마셨지만 친구에게는 향과 맛을 음미하는 와인이 되었고 내게는 썩었던 지난날을 끓는 맛이었고 씁쓰름한 향이었다.

비밀 공간

어제도 기다렸던 그 곳에서 오늘도 나는 있다. 기다리는 그는 오늘도 오지 않았고 나만 있을 뿐이었다. 언제 오려나. 기다리는 시간 내내 간절함이 듬뿍했지만 결국 나는 조용히 나왔다.

어느 순간부터 나는 약속 없는 기다림에 바람 맞은 사람이 되었다. 정확히 말하면 매일매일 바람맞은 것을 즐긴다는 말이 옳을 것 같다. 그렇다고 물러서거나 좌절할 내가 아니다. 혹시나 속없는 사람이라고 생각할 수도 있을 것이다. 아니 어쩌면 미친 사람이라고 오해 할 수도 있다. 그러나 나는 미친 사람이 아닌 지극히 정상이고 또한 바른 사람이다. 다만 언제 올지 모르는 그를 그리워하는 마음이랄까.

나는 지금도 약속 장소를 가기 위해 하루란 단어에 최선을 다하고 있다. 간혹 곁에 있는 직원이 말했다. 요즘 좋은 일 있냐고. 나는 부끄럼 없이 콧노래를 부르면서 활짝 웃음으로 반응을 보였다. 부정도 아닌 그렇다고 긍정도 아닌 그저 나만의 데이트를 받아들였기 때문이었다. 봐도. 봐도 그립고, 만나면 헤어지기 싫어 울부짖기도 하는 내 모습 속에서 말이다.

나는 그를 만나면 꿀 먹는 벙어리마냥 아무 말도 못 한다. 말을 하려고 하면 성격 탓인지 입에 힘만 주워질 뿐 입술은 떨어지지 않았다. 그러나 오늘은 말 할 것이다. 혼자서도 잘 하고 있다고. 꽤나 큰 성과도 있었다고. 혹시나 궁금해 할 수도 있으니 아이들에 관한 이야기도 할 것이다. 아주 잘 자랐다고. 지금까지 받기만 하던 내가 남에게 베풀 수 있는 마음의 여유도 생겼다고 말할 것이다. 이런 나를 본다면 그는 매우 뿌듯해하고 행복해 할 것이다.

하루 일과 끝나고 집에 돌아오면 나는 바로 욕실로 들어간다. 그를 만나기 위해서다. 요즘처럼 추운 날에는 욕조에 따끈한 물 가득 받아 살며시 몸을 담구고 종일 안겨 붙은 미세먼지 깨끗이 씻어낸다. 마음에 베인 지친 피로들도 남김없이 씻어낸다. 그리고 잠깐의 일과 마무리를 한 뒤 곧바로 준비를 한다. 나만의 비밀 장소로 가기 위하여.

그 곳은 빈 몸으로 가야 더 편안하고 빈 마음으로 가야 더 아늑한 곳이다. 차 키도 두고 간다. 외투도 필요 없다. 닦아 낸 화장도 다시 하지 않아도 된다. 그 곳은 앞서가는 문명을 받아들인 곳이기에 차 키가 없이도 달릴 수 있고 하늘을 날 수도 있다. 물론 다양한 복장까지도. 다만 나는 한 컵의 물은 준비 한다. 안대와 휴지도 준비 한다. 요즘은 수면유도에 좋다 하여 명상음악도 준비한다. 그리고 침대 위에 오르면서 그을 만나고자 하는 간절함과 함께 조용히 눕는다.

예전에 나는 잠을 불러들이기 위해 술의 힘을 빌렸었다. 마셔도. 마셔도 취하지 않은 술. 적당함을 넘어서 과음으로 잠을 청했었다. 그만큼 잠을 받아들이고 싶음이 간절했으리라. 그러나 안타깝게도 잠은 나란 사람에게 관심 없다는 듯 많은 생각들을 불러 들였고 그 생각은 꼬리에 꼬리 물기가 끝이 없었다. 물론 한 두 시간으로 달아난 잠을 다시 불러들이려고 무진장 노력도 했다. 과히 쉬운 일은 아니었다. 그렇게 찾아온 불면증은 내 몸 깊숙이 자리를 잡았는지 쉽게 나갈 생각 없이 밤이면 밤마다 나를 괴롭히기 시작했다. 어쩌다 오는 잠은 불면증에 시달이다 악몽에서 악몽으로 이어져 식음 땀으로 침대보를 적시는 일이 허다했고 자다 놀란 가슴은 침대 밑으로 떨어져 곁에 있는 사람을 놀래키는 일도 자자했었다. 그러니 아침이면 몸이 천근만근일 수밖에. 출근한 뒤에도 묵은 피로감은 만만치가 않았었다. 애민해진 성격으로 낭패 볼 때가 한 두 번이 아니었으니 말이다.

그러던 어느 날 그가 왔다. 소리 소문도 없이 그렇게 내 공간으로 왔다. 언제 어떻게 오는지 연락도 없이 왔다. 그리고 말했다. 움직임 없는 입술이 눈빛으로 소리를 전하 듯 내게 말했다. 너는 혼자가 아니라고. 슬퍼하지 말라고. 눈을 뜨고서야 꿈이었다는 것을 알았지만 정말 나는 혼자가 아니었다. 행복했다. 그리고 눈을 뜨고 감는다는 것이 새롭게 와 닿았다. 분명히 현실이었다.

나는 비밀 공간을 만들었다. 늘 있던 공간이었지만 내가 주인공이 아니면 안 되는 공간을 만들었다. 그 공간은 언제나 오픈되어 있지만 아무도 모르는 공간. 나 없이는 아무도. 그러나 나만 통하면 언제든 아무 때나 자유롭게 오 갈수도 있는 공간. 물론 불청객이 악몽으로 변하여 올 수도 있고 요즘처럼 아무도 오지 않아 텅 빈 날도 허다하다.

내가 변하기 시작한 것은 그를 만난 뒤부터다. 한 번 보고 두 번 보니 희망이 생겼다. 무엇보다 근심걱정이 많았던 생각에 꼬리가 매듭졌고 악몽으로 시달리다 깊은 밤 홀로 샜던 불면증도 이젠 없다. 지금은 술 약속도 과음도 외면할 줄 안다. 물론 피곤함도 없지 않아 있지만 이왕이면 맑은 정신으로 잠을 청한다면 그를 만날 수 있는 확률이 더 높지 않을까 하는 바람에서다. 그래서인지 일이 끝나고 집으로 향하는 퇴근길이 가볍고 솔솔하다.

내게 잠은 그를 만나러 가는 길이다. 아니 그를 만날 수 있는 공간이다. 또 하나의 주인공을 꿈꾸면서 오늘도 나는 두 눈을 감으며 잠을 청한다.

짠한 잠

저녁 늦은 시간에 올 줄 알았던 아들이 왔다. 그것도 출근하는 지금이니 타이밍 하나 끝내줬다. 동계 훈련을 앞두고 이틀 휴가 나온다는 공문은 이미 받았었다. 그러나 이놈의 정신은 냉장고를 채워 놓는다는 것을 깜박 한 것이다.

아기 때부터 재미로 하던 축구를 본격적으로 뛰어 들면서부터 아들은 나만의 아들이 아니었다. 가족이란 이름으로 한 지붕 아래 살면서도 명절 모임에도 없었고 가족 여행에도 없었다. 함께 먹는 식단에 불평이 많았던 누나와 형에게는 미안했지만 막내를 더 챙겨야 한다는 마음은 유독 특별했었다. 숙소 생활에 들어가면서는 가까이 있어도 마음만 앞섰지 먼 아들이었다. 얼굴은커녕 통화하기도 쉽지 않았기 때문이다. 두 번의 수술과 일곱 번에 필로 골절도 있었다. 너무 일찍부터 나이에 맞지 않게 올려 뛰었던 것이 화근이었다. 그래도 꿋꿋하게 견디고 이겼던 아들. 12년을 축구가 전부라고 생각하며 공 하나만 가지고 살았던 아들. 그런 아들이 출근 길 앞에 서 있었다. 푹 눌러쓴 모자에 큼직한 가방과 달랑거리는 신발주머니 들고서 말이다. 그리고 어둡고 침울한 표정.

'무슨 일 있었나?'

순간 말문이 막혔지만 아무렇지 않는 듯 태연하게 말을 했다. 올라가 쉬어라고. 그러나 짧게 비치는 아들의 표정이 마음에 걸렸다. 다 커가는 자식 눈앞에 있고 없고를 떠나 갖은 노파심이 있는 것은 어미 된 마음일 것이다. 생각 같아서는 아들과 함께 집으로 들어가고 싶었으나 거래처

방문이 약속된 지라 무거운 마음 떨치지 못하고 회사로 향해야 했다.

사무실로 향하는 길은 노파심에 온갖 근심걱정이 몰려들었다. 어릴 때부터 자기관리에 철저했고 시간을 다룰 줄 알았던 아들. 무엇보다 버금가는 국가 대표가 되겠다며 호언장담했던 아들이었다. 워낙 자립심 하나로 다져진 아들은 언제나 자랑스러우면서도 안타까웠고 든든하면서도 부족한 어미 마음에 미안함이 컸던 그런 아들이었다.

회사에 도착한지 시간 반이 지났지만 손에 일을 잡지 않고 서성임만 반복이자 곁에 있던 아가씨가 말했다. 지금 아들은 엄마를 필요로 할 수 있다고. 그 말이 끝나기 무섭게 나는 거래처에 잡힌 미팅을 다음 날로 미루고 차 키를 챙겼다. 큰 도로까지는 불과 삼사키로. 아름답게만 보이던 길이 색 하나 없이 어둡고 좁다. 어쩌다 마주치는 차는 답답하기까지. 차분하자고 달래보는 마음은 엑셀을 밟게 했다. 앞서가는 차를 쫓는 것인지 뒷 차가 나를 쫓는 것인지 모로 가든 나는 집에만 빨리 가면 되는 것이었다.

대문을 들어서며 달렸던 호흡을 가다듬고 나는 현관문을 열었다. 그때 눈에 들어오는 아들의 축구화. 유행 따지지 않고 검소하다고 고마워했던 내 자신이 아들에게 너무 미안했음을 알았다. 바쁘다는 핑계로 축구 화 하나 제대로 챙기지 못했던 미안함이었다. 거실 중앙에는 아들이 들고 온 커다란 가방이 놓여 있었고 방문은 닫혀 있었다. 나는 조용히 귀를 기울이며 문을 열었다. 보이는 발은 양발을 신은 그대로였고 얼굴까지 가린 이불은 걸친 외투까지는 덮지 못했다. 집에 들어오자마자 외투도 벗지 않고 바로 누워버린 것 같다.

'짠한 것'

머리까지 이불 속으로 넣고 잠든 아들. 당장 깨워서 무슨 일 있냐고 물어보고도 싶었다. 그러나 앞선 걱정에 애타는 마음도, 어미 사랑에

짠한 마음도 깊이 잠든 아들 앞에서는 마음뿐이었다. 엄마가 왔건만 온 줄도 모르고 더구나 이불까지 뒤집어쓰고 자는 모습은 나 아닌 누구라도 건들지 못했을 것이다. 나는 이불을 제기고 베개를 베어줬다. 언제부터 자리 잡았는지 새까맣게 탄 얼굴에는 여드름 자국이 듬뿍 이었고 오똑한 코는 아빠의 소리를 흉내 내고 있었다. 보통 아이들이였다면 여드름 났다고 요란법석 떨었을 것이고 사춘기에 몸 사리고 있다며 반항 한번 거세게 했을 것을 흔히 하는 사춘기 반항 한번 낼 수 없었던 아들의 마음을 생각하니 가슴이 뭉클해 졌다. 엄마 마음을 아는지 모르는지 콧바람만 요란하다. 나는 살며시 아들 얼굴에 손을 얹혔다. 얼마나 깊이 잠들었는지 반응도 없다. 마치 아무 일 없다는 듯 귀여운 표정도 짓는다. 아무리 이십을 앞둔 나이라지만 잠자는 모습은 애기 때나 지금이나 변함이 없는 것 같다. 무거웠던 마음 사리지고 마냥 예뻐만 보이는 아들이다.

세상에서 제일 예쁜 꽃이 인人꽃이라던 그 중에 제일은 자식 꽃이라던 어머니 말씀이 생각났다. 아들은 그 꽃을 피우기 위해 고된 훈련 마다 않고 지침 없이 뛰었을 것이다. 낮에는 활짝 핀 꽃으로. 잠들면 내일을 위한 여린 꽃망울로 말이다. 부디 이 모습처럼 아무 일 없길 바라는 마음 간절했다.

둘째와는 8년 터울인 아들. 셋째를 반대 했던 남편 몰래 홀로 계획하고 아이를 가졌었다. 임신 삼 개월이 넘고 사 개월쯤 되었을 때 속였던 남편이 알게 되자 심한 다툼도 있었다. 남편은 유산을 원했었다. 아이를 싫어했던 것은 아니었다. 그 당시 연대보증을 써준 대가로 어머니와 갓난 아이 둘을 데리고 지하방에 숨어 살았을 때기에 남편의 심정은 충분히 이해가 되었다. 물론 2012년에 연대보증은 폐지가 되었지만 막내가 태어난 것은 2002년. 말 그대로 연대보증의 후유증을 고스란히 안아야 되는 상황이었다. 결국 수술대에 오르기도 했지만 태어날 운명이었는지 의사 소견에 의해 가까스로 수술은 취소 됐고 남편도 어찌할 바 없이 내 임신을 받아 들었다. 그렇게 태어난 아들. 쪼그마한 얼굴에 두 눈을 감고 작은 입술 오목거리며 새근거리던 모습. 꽁꽁 싸인 배냇저고리가 아기의 호흡을 보이며 움직일 때. 그때 나는 또 한 번 다짐했었다. 모든 것을 다 해주겠다고. 그렇게 다짐 했던 마음은 어디로 숨었는지 온데간데없고 아들에게 해 줄 수 있는 것은 아무것도 없었다.

나는 가만히 일어났다. 지금 아들이 필요로 한 것은 잠일 거란 생각에서다. 그리고 냉장고를 채우기 위해서였다. 깊은 잠 원 없이 푹 자고 일어나면 푸짐한 식단으로 행복을 줄 것이다. 그때는 마저 하지 못한 말을 해야겠다. 잘 왔다고. 그리고 차분히 물을 것이다. 견딜만하냐고?

문학 평론

나윤옥
박효진
한복용

나윤옥

이태준의 〈호랑이 할머니〉에 나타난 사회주의 환상

2020년 《인간과문학》 평론 등단

이태준의 <호랑이 할머니>에 나타난 사회주의 환상

이태준은 단편소설의 근대성을 확립한 작가다. 이태준은 1925년 《시대일보》에 22세의 나이로 〈오몽녀〉를 발표해 소설가로 등단했다. 불우한 가정형편 때문에 교장실에서 청소를 하고 학비 면제를 받으며 고등학교를 다녔다고 한다. 고교 시절에 교지 《휘문》에 여러 편의 작품을 실었는데, 그 기간은 이태준의 습작기 시절이라고 할 수 있다. 이태준의 빛나는 작품들은 천재성에서 나왔다기보다 어려운 환경에서 공부하면서도 끊임없이 작품을 쓰고 고치는 노력을 통해 얻은 결과였을 것이다. 이후 그는 근현대사에 길이 남을 주옥같은 단편소설들을 많이 썼다.

고전소설은 낭독자를 통해 귀로 듣는 소설이었다. 우리 사회가 근대화되면서 소설에도 변화가 왔다. 이야기 위주의 소설이 아닌 새로운 기법의 소설 창작이 시작된 것이다. 김동인을 비롯해 현진건, 김유정 등 수많은 소설가들이 좋은 작품들을 발표했다. 그 중, 이태준은 1930년대에 눈으로 읽는 소설, 즉 정서를 시각화한 소설을 쓴 독보적 존재였다. 김동인이 단편소설의 기틀을 마련한 작가라고 한다면 이태준은 내용과 소설적 표현의 근대성을 확립한 작가라고 할 수 있다.

박헌호는 이태준 소설 문체의 특징을 이렇게 말한다. “근대소설은 무엇보다도 인쇄물의 형태로, 묵독을 통해서 독자에게 전달되고 향유된다. 따라서 그러한 문자성이 지닌 특질을 자각하고 이를 전면화

시키는 것이 근대소설의 근대성을 증명하는 최조의 출발점이 아닐 수 없다. 이태준이 표현을 강조하고 그 중에서도 '묘사'의 의의를 재삼 강조하는 것은 문자성이 기반한 시각적 이미지의 문제에 남다르게 착목했다는 것"(박헌호, 《이태준과 한국근대소설의 성격》, 소명출판, 1999. p70)이 그것이다.

1930년대는 한국 현대문학사의 황금기라고 할 수 있는데, 이러한 상황은 일제의 탄압과 민족말살정책이라는 암울한 상황을 이겨낸 작가들의 위대한 정신 승리의 결과라고 볼 수 있다.

이태준은 주로 단편소설을 많이 썼으며 장편 소설, 수필, 동화와 동시도 썼다. 그 중 몇 개의 작품을 통해 그의 소설의 특징을 살펴보기로 한다. 그의 대표작인 〈달밤〉을 보면, 관찰자적 서술자가 회상의 방식으로 이야기를 하고 있는데, 사건의 전개나 인물의 성격을 설명으로 표현하지 않고 대화를 통해서 보여주고 있다. 대사뿐 아니라 묘사와 서술이 교차되면서 황수건이라고 하는 인물의 모자란 성격을 잘 보여주고 있다.

> "저는 입쇼, 이 동네 사는 황수건이라 합니다.……"
> 하고 인사를 붙인다. 나도 깍듯이 내 성명을 대었다. 그는 또 싱글벙글하면서,
> "댁엔 개가 없구만입쇼."
> 한다.
> "아직 없소."
> 하니
> "개 그까짓 거 두지 마십쇼"
> 한다.

"왜 그렇소?"

물으니 그는 얼른 대답하는 말이

"신문 보는 집엔입쇼, 개를 두지 말아야 합니다."

한다. 이것 재미있는 말이다 하고 나는,

"왜 그렇소?"

하고 또 물었다.

"아, 이 뒷동네 은행소에 댕기는 집엔입쇼 망아지만한 개가 있는뎁쇼 아, 신문을 배달할 수가 있어얍죠."

"왜?"

"막 깨물랴고 덤비는 걸입쇼."

한다. 말 같지 않아서 나는 웃기만 하니 그는 더욱 신을 낸다.

"그눔의 개 그저, 한 번, 양떡을 멕여대야 할 턴데...."(민충환, 〈달밤〉, 《사상의 월야》, 범우, 2004. P.74-75)

위의 대화에는, '나'와 '황수건'의 인물의 차이가 선명하게 드러나 있다. 황수건은 어수룩하며 익살스럽고 엉뚱하게 떠드는 인물이다. 그가 쓰는 '-ㅂ쇼'등의 말투는, 스스로를 낮추며 살아가는 하급 계층의 처지를 말해주고 있다. 그러나 그가 하는 말은 밉지 않다. 천진하고 선한 사람이라는 생각이 들기 때문이다. 이는 당시 가난 속에서 불우하게 살고 있는 우리 민족을 연민과 애정의 시선으로 바라본 작가의 마음을 알 수 있는 부분이다.

이태준 소설의 또 다른 특징은 뛰어난 묘사문장으로 인한 정서의 시각화이다.

〈까마귀〉나 〈패강랭〉등에서 볼 수 있는 묘사문장들은 배경과 이미지를 잘 표현해주고 있는데, 이로써 이태준은 정서의 시각화를 확립시킨 작가로 볼 수 있다.

> “미닫이에는 전나무가지가 꿩의 장목처럼 비끼었고 쨍쨍한 햇볕은 쏴 소리가 날 듯 쪼여 있었다. 어수선한 꿈자리를 떨쳐버리는 홀가분한 기분과 여기 나와서는 처음 일찍 깨어보는 호기심에서 그는 허리를 흔들고 미닫이부터 좍 밀어놓았다, 문턱을 넘어드는 바깥 공기는 체온에 부딪히는 것이 찬물 같았다. 여윈 손으로 눈을 비비며 얼마나 아름다운 아침인가를 내어다 보았다 ”(위의 책, 〈까마귀〉, P.100.)

그의 두드러진 소설의 특징은 아이러니한 표현에도 있다.

이태준의 초기작품들인 〈마부와 교수〉, 〈아무 일도 없소〉에는 반전이 있다. 교수나 기자 등 사회의 엘리트 계층이, 생각지도 않게 마부나 창녀 등 소외계층을 통해 진실과 사회의 부조리한 면을 확인한다는 반전 구조를 가졌다. 이러한 반전 구조는 작가의 의도를 효과적으로 나타낼 뿐 아니라, 극적 묘미도 있다. 〈손거부〉에는, ‘손거부’, ‘대성’, ‘복성’ 등 인물의 이름이 아이러니한 명명命名으로 되어 있다. 주인공 손서방은 “일정한 직업도 없지만, 천성이 터벌터벌하여서 남의 말참례하기를 좋아하고 아무한테나 허튼소리를 잘 걸다가 때로는 구설도 듣는” 사람이다. 국유지에 있는 자신의 허름한 집에 문패를 써달라고 ‘나’에게 오는데, 자신의 이름을 ‘손거부’라고 써달라고 한다. 그리고, 아들 대성이 학교에서 쫓겨날 정도로 저능아인데, 겨난 핑게를 “뭐 대학교까지나 시켜야지 그렇지 않군 무슨 회사나 상점 고씨까이밖에 못 된대니 그걸 누가 시킵니까”고 허풍스레 둘러댄다. 그 모습은 익살스러우면서도 눈물겹다. 불우한 소외계층의 처지이지만,

막일을 하면서 아이들을 공부시키려고 하고 그 아이들이 재능이 없음에도 성공하기를 바라 이름을 바람대로 짓는 부성애가 뭉클한 감동을 주고 있다.

이태준은 현실을 재현하거나 의미를 추구하기보다는 인물이나 사건을 통해 분위기와 정감을 표현하는데 초점을 둔 소설가다. 그리고 언어를 가꾸고 지키는 일이 문학의 소임이라는 생각을 가진 작가였다.

이태준의 소설에서 볼 수 있는 '시각화'나 '아이러니'의 표현은 소설을 서정화시키는 창작방법이다. 사건보다는 분위기와 정서 표현에 중점을 두었고, 묘사와 감각적 표현들은 소설을 서정화하는데 유효한 표현방법이다. 이태준이 단편소설을 선호한 것은, 단편소설이 비교적 서정화가 용이한 편이라서 그랬을 것이라고 본다.

이태준은 첫 단편집 《달밤》(1934년)을 간행한 후 많은 작품들을 발표했다. 상고주의적 취향과 순수문학의 입장을 고수하던 그가 해방 후 좌익으로 기울면서 월북을 하게 된다.

해방 전, 편집장으로 있던 순수문예지 〈문장〉이 일제의 조선어 말살정책으로 폐간되자, 낙향하여 5년여 절필한 채 지낸다. 그러다가 해방을 맞은 이태준은 순수문학의 입장을 떠나 좌익계열의 문학으로 방향을 전환한다. 〈해방전후〉(1946년)라는 중편소설을 발표하면서 방향을 전환한 것이다.

그가 좌익으로 기울게 된 원인에 대한 여러 이야기가 있지만, 명확한 원인이 밝혀진 것은 아니다. 박헌호는, 《이태준과 한국근대소설의 성격》에서 이렇게 말한 바 있다. "조선혁명의 현 단계는 '부르조아 민주주의 혁명'으로 규정되면서 기본과업을 첫째, 민족적 완전독립과 둘째, 토지문제의 완전해결로 설정한 바 있다. 민족의 행동통일을 통한 새로운 국가의 건설을 염원하던 이태준에게 조선공산당의 이러한 노선 발표는 상당한 감격을 준 것으로 판단된다"

일제강점기에는 지식인들이 '나라를 구하는 것'을 과제로 삼았다면, 해방이 되고서는 '나라 만들기'에 고심했을 것이고 이태준은 그 답을 사회주의에 있다고 생각했던 것 같다.

이렇게 사회주의에 대해 호감을 가졌던 이태준에게 소련 기행의 기회가 왔다. 이태준은 월북한 직후, 1946년 8월 10일에 이기영 등과 방소문화사절단의 일원으로 소련을 방문하고 10월 17일 평양으로 돌아왔다. 일제시대 이후 이태준은 조선소설계를 대표하는 인물이었고, '구인회'와 〈문장〉을 대표하는 순수문학론자였으나, 이 여행을 기점으로 조국이 가야할 길을 사회주의 제도라고 본 것 같다.

서구 문화를 접하지 못했던 이태준이 비행기를 타고 소련을 여행하면서 본 소련의 여러 시설과 사회주의 제도들은 그에게 감동과 경이를 느끼게 했던 모양이었다.

이태준보다 10년 먼저 소련을 여행한 공산주의자 앙드레 지드가 러시아에서 목격한 그 사회의 폐쇄성과 획일성, 부자유에 깊은 실망을 느껴 기행을 마친 후 공산주의와 결별한 것은 이태준과 대비를 이룬다.

이 점에 대해서 박헌호는 "지드는 조악한 공산품과 상점에 늘어선 물건을 사려는 사람들의 줄을 보고, 국민들의 가장 소박한 욕망도 채워 주지 못하는 국가와 무관심과 기강 해이에 빠진 노동자들의 자세를 통매하였는데, 이태준은 그것을 낙후된 모든 소수민족까지 끌어안고 발전하기 위한 평등주의적 정책의 소산이라 보았으며 그것에서 러시아인들의 인내심을 볼 수 있었을 뿐이었다. 지드의 비교기준이 30년대 후반 발전된 서구 유럽의 그것이었다면 이태준의 기준은 공출과 배급에 시달렸던 식민지 조선의 것이었던 까닭이다."(앞의 책, P.276)라고 말하면서, "이태준은 소련기행을 통해서 '인간성의 최고의 것'을 구현해 주는 '제도'의 힘을 보았다, 국민들을 생계 걱정으로부터 해방시켜 주고, 교육과 보건, 취미생활까지 책임져 주는 국가의 존재는 인간정신의 진보를 위해서 필수 불가결한 장치로 인식된다, 그가 소련을 다녀 온 후 북한에 눌러앉게 된 이유 중이 하나가 바로 그러한 제도가 북조선에서도 실현되고 있었기 때문이다. 토지제도와 개혁이 그것이다" (앞의 책, P.280)고 말한다.

지드와는 달리 이태준이 소련의 사회 제도를 보며 찬양하게 된 데에는, 일제 강점기라는 치욕과 불행을 겪었기 때문일 것이다. 그는 조국의 미래에 대한 청사진을 이곳에서 찾았다고 생각했을 것이다. 학비와 의료비가 무료이고, 집과 식량, 의류 등 생활에 필요한 기본물품도 모두 국가에서 제공한다고 하니 거지도 부자도 없는 이상적 국가가 된다는 환상을 이태준은 품은 것이다.

불행한 시대를 살았던 이태준이 이러한 환상을 가지고 월북을 선택한 것이 이해가 가기도 한다. 그에게는 월북은 어쩌면 정치의식보다는 해방기라고 하는 혼란한 시기에 나라가 갈 방향을 선택해야 하는 지식인으로서의 절실한 모색의 일환이었을지도 모른다. 그러나 그는 월북 후 1955년 숙청돼 함남 노동신문사 교정원으로 좌천되었고, 1969년에 강원도 장동탄광 노동자 지구에서 어렵게 살았고 이후 고철을 주우며 넝마주이로 힘겹게 살다가 사망한 것으로 알려져 있다. 월북 후 최고의 문학가라는 칭송을 받기도 했으나 결국 숙청이라는 불행한 최후를 맞게 된 그의 운명이 매우 안타깝고 서글플 뿐이다.

〈호랑이 할머니〉(1949년)는 이태준이 월북 후 소련기행을 다녀오고 쓴 소설이다. 이 소설은 농민의 계몽문제를 다루고 있는 작품이다. 문맹자들이 한글을 깨우치고 그 운동에 모두 참여할 수 있도록 서로 돕는 사회주의 체제를 선전, 계몽하려는 의도에서 쓴 목적 소설이다.

소설의 줄거리는 이렇다.

해방 직후 '스무담이'라는 스물 남짓 되는 가구가 사는 작은 마을에 문맹퇴치 운동이 전개된다. 79명의 문맹자 중에서 귀가 먹은 할아버지는 문맹퇴치 대상자로 제외되고 해수병으로 쿨럭거리는 서 첨지는 증상이 안 나오는 여름철에 따로 가르칠 요량으로 대상자에서 제외된다.

문제는 단 한 명, '호랑이 할머니'라 불리는 할머니를 한글학교로 불러내는 일인데, 고집이 센데다가 한사코 한글배우기를 거부하고 있는 그를 불러내는 일이 난감하다. 그가 한글을 깨우치게 되어야 마을의 문맹퇴치 사업이 백퍼센트로 완수된다.

한 청년이 꾀를 내어 호랑이 할머니에게 접근해 목적을 달성한다. 나서기 좋아하는 호랑이 할머니를 성인학교의 후원회장으로 추대해 낙성식에 참여하게 하고 손자인 영돌에게 편지를 쓰라고 권유하며 자연스럽게 글을 깨우치게 한 것이다. 이 마을은 결국 문맹퇴치 백퍼센트 달성을 완수한다.

동네에서 제일 연장자이며 고집이 센 호랑이 할머니를 설득하는 과정을 보면, 이태준이 품은 사회주의 이상이 어떤 것이었는지 알 수 있다. 문맹퇴치를 달성하기 위해 주민들의 일을 민청원들이 도와 한글수업에 참여하게 하는 과정과 고집 센 할머니의 자존심을 살려주면서 한글을 배우게 하는 과정에서 그가 꿈꾸는 사회주의의 모습이 보인다.

계몽을 위해 창작된 소설이긴 하지만, 이태준이 썼던 단편소설의 특성을 전혀 찾아볼 수 없는 것은 아니다. 여전히 대화를 통해 인물의 특성을 잘 드러내고 있으며 익살스러운 모습와 행동의 묘사 때문에 읽는 재미가 있다.

주인공 노파가 한글학교에 나가는 것을 한사코 거부하는 것과 다르게 마을의 젊은 아낙네들은 문맹자 취급에는 민망해하면서도 한글을 배우러 가는 것을 은근히 기쁘게 받아들이는데 그 표현이 익살맞고 현실적이다.

> "글을 배운다는 광명에의 욕망도 욕망이려니와 우선 한때라도 손에서 물기를 씻고 마른 옷을 차려 보며 학교라야 아는 집 사랑채 아니면 살살 넓은 집 안방이지만, 그 개아미 쳇바퀴 돌듯하는 생활에서 한 번씩 놓여나는 것만으로도 큰 변화요 즐거운 일이기 때문이었다."(〈호랑이 할머니〉, 범우, 2004. P.252.)

이런 상황이지만 농삿일과 집안일이라는 게 미뤄둘 수 없는 것들이어서 젊은 아낙네들을 한글학교에 나오게 하기 위해서 소년단원들과 민청원들은 농가를 찾아가서 일손을 열심히 돕는다.

"소년단원들과 민청원들은 무슨 꾀를 내어서든지 먼저 이들로 하여 한글 학교에 나가는데 지장이 없도록, 그런 '조건'부터를 지어주지 않으면 자기들의 천 번이나 만 번이나의 권유도 허사일 수밖에 없음을 알았다. 그래서 이 스무남이 열두 소년단원과 여섯 민청원들은 이들의 개아미 쳇바퀴에 문을 열기에 팔들을 걷고 나선 것이다. 우물이 먼 집은 물을 길어다 주고 소 먹이는 집은 여물을 썰어 주고 어떤 집에는 설거지를, 어떤 집에는 씨아질을, 어떤 집에 가서는 아이를 보아주"(앞의 책 P.252)기도 하고, 이러한 장면은 이태준이 소련기행을 통해서 입력된 사회주의 환상이 적용된 부분이다. 목적 달성을 위해 서로 협력하고 돕는 사회적 제도가 만들어져야 한다는 생각이 그것이다.

호랑이 할머니에 대한 인물묘사도 생생하다.

"호랑이 할머니는 올해 예순다섯이다. 이마와 볼에 고생살이의 자취만은 거미줄을 씌우듯 남김없이 깊은 자국을 내고 지나갔으나 머리는 아직 검고 턱이 유난히 내밀어 치닫이가 된 치아도 어금니 한둘밖에는 빠진 것이 없다. 광대뼈가 솟고 눈이 우묵하여 성을 내어 치켜뜨면 목이 한 발은 솟는 것처럼 까마득하게 쳐다보인다. 코가 칼콜로 등이 솟아서 어떤 장난꾼 아이들은 '꼬꼬댁코 할머니"라고 하는데 목소리가 왕방울 같고 타고난 성미부터 괄괄한데다가 삼십 전에 과부가 되었다. ……지주에게 건달패들에게 모든 침해와 시달림에 대한 억센 저항력만으로 굳어진 성격이어서 어떤 때는 말귀도 미처 알아듣기 전에 왕가당거리기부터 하여, '빈달구지'라는 별명까지 듣는다."(위의 책, P.254)는 부분이 호랑이 할머니의 성격창조를 외모묘사를 통해서 표현한 부분이다.

이러한 할머니인지라 그를 설득하기란 쉽지 않은 일인데, 마을의 한 청년이 꾀를 내어 할머니를 꾸준히 설득한다. 영리한 그는 할머니를 찾아갈 때부터 할머니 취향에 맞춰 고무신이 아닌 제 손으로 삼은 짚세기신을 신고 간다. 어른 앞에서 담배를 물지 않는 청년과 신발을 삼아서 신는 청년을 좋아하는 할머니의 마음에 들기 위해서다. 그러나 할머니는 만만치 않았다. 궁리 끝에 군당 책임자가 한 말에서 해결의 실마리를 얻어 다시금 시도를 하게 되었다.

"조선에 문맹자 많은 것은 일제통치가 남긴 여독 중의 가장 큰 것의 하나니까 문맹퇴치 사업은 일제 여독을 청산하는 중대과업의 하나요. 문맹자 중에도 그 호랑이 할머니 같은 사람의 눈부터 띄우는 것은 보수성이 강한 농촌에서 봉건 유습의 응어리를 뽑아내는 것이 될 뿐 아니라, 근로하기 좋아하는 그 할머니의 높은 인민성을 옳게 살리는 사업도 되는 거요. 그 할머니의 근로를 사랑하는 생활을 높이 평가되야 하겠소."(위의 책, P.262) 가 그것이다.

몇 번이나 타박을 당하고 빈손으로 돌아섰으나 할머니의 자존심을 살리면서 설득한 것이 마음을 움직여 결국 할머니를 한글학교로 나오게 하는데 성공한다. 강요가 아닌 민청원 사람들의 설득과 청년의 기지로 문맹퇴치 달성을 완수해낸 것으로 소설이 끝난다.

한글을 깨우치게 된 할머니가 군대에 있는 손자에게 편지를 써보내는데, 그 내용에는 북한의 색채가 선연하다. "영돌이냐 잘 있느냐 춥지는 않느냐 너이 대장어룬도 무고하시냐 대장어른 말 잘 들어야 쓴다. 너 우리 김장군 더러 뵈입겠구나. 이 할미는 글쎄 성인학교 후원회장이 되었단다. 국문 배울랴 학교일 다시릴랴 번스럽게 비쁘다."(위의 책, P.266)라는 문체가 그 특징을 드러낸다.

북한체제에 부응하기 위해 쓴 소설이라는 선입견을 배제한다 하더라도 문학적 감동은 그가 쓴 다른 단편소설에 비해 떨어진다. 이태준이 써왔던 반전의 묘미나 인간에 대한 애정과 연민의 시선은 보이지 않는다. 그러나 대화를 통한 인물의 성격 제시와 유머러스한 인물들의 행동 묘사가 살아 있어서 이태준의 문학적 실력과 향취가 어느 정도 느껴진다. 해학적 표현과 사투리와 '겨릿소', '어뜩새벽', '찌릇해' 등 토속어가 많아 그 시대를 실감나게 느끼는 점도 읽는 재미를 더한다.

이 소설은 북한의 문맹퇴치사업을 소재로 북한정권을 찬양하려는 의도가 있는 작품으로 북한의 평론가들에게 극찬을 받은 소설이다. 그러나 이태준이 숙청되면서 이 소설이 북한의 문맹퇴치 사업을 잘못 그려내고 있다는 혹평을 받게 되었다.

일찍이 생생한 인물창조로 근대적 단편소설을 완성시킨 상허 이태준은 우리 문학사에 길이 남을 위대한 작가임에 틀림없다. 이태준의 '인물창조'에 대해 유종호의 평가는 이를 뒷받침한다.

"이태준의 단편을 읽으면서 우리는 다양한 인간소사전을 보는 재미를 맛본다. 오륙십 년의 세월이 지났지만 아직도 감칠맛 나게 읽힌다는 것은 적지 않은 미덕이요 역량이" (이기인, 유종호 〈'인간사전'을 보는 재미〉, 《이태준》, 도서출판 새미. 1996. P.59)라는 평가가 그것이라 할 수 있을 것이다.

불행한 시대를 살면서 주옥같은 단편소설을 남긴 이태준은 진정 '위대한 작가'다. 그가 소련 기행에서 가졌던 사회주의 이상은 배고픔은 없을지언정 개인의 자유와 개성이 억제된다는 어두운 이면을 미처 보지 못한 잘못된 환상이었다. 불행한 시대에 그가 선택한 월북은 작가 개인에게도 비극적 운명을 맞게 했고, 우리의 문학이 너무 일찍 그를 잃었다는 큰 불행을 안겨 주었다.

박효진

모든 것은 타인의 해석에 있다

2019년 《인간과문학》 평론 등단

모든 것은 타인의 해석에 있다
권이항 소설〈모든 것은 레겐다에 있다〉를 중심으로

사람들은 내가 전혀 인식하지 못한 비밀을 파헤칠 때가 있다. 오랜 시간 묻어 둔 나의 치부가 그들에 의해 노출되어 버린다. 사람들은 내가 누구인가에 초점을 두지 않고 그들의 방식대로 폭로한다. 결국에는 그들과 대화를 단절하고, 심지어 원수가 되기도 한다. 이렇다 보니 사람이란 어쩔 수 없이 타인의 평가를 무시하고 살 수는 없음을 인식하게 된다. 어쩌면 나도 모르는 사이에 누군가의 타인이 되어 그의 본질 따위는 무시하고 평가자의 입장에 놓여 있을지도 모를 일이다. 그렇다면 '나'라는 것은 타인의 해석에 의해 결정되는 것일 뿐 고유한 '나'의 존재가 있다고 할 수 있을까. 어쩌면 '나' 자체도 자신의 본질을 모르고 살고 있지는 않은가 되돌아보게 된다.

나를 알고 있는가

'나는 어떤 사람일까?'

살다가 이런 질문에 사로잡힐 때가 있다. 나는 누구이며 어떻게 이런 모습으로 살고 있는지 회의가 오기도 한다. 바쁜 현대인들은 잊고 살 수도 있지만, 어쩌면 인생에서 나를 돌아보는 것은 무엇보다 중요한 문제가 아닌가 한다. 아리스토텔레스는, "그것은 무엇인가"라는 질문은 바로 사물의 본질을 알고자 하는 것이고, 사물의 존재 그 자체라는 뜻에서 사물의 실체라고 한다. 본질은 그것이 그것으로써 있기 위해 없어서 안 되는 것을 말한다. 인간이란 무엇이냐는 질문에서 '무엇'에 해당한다고 하는데, 외부의 시선이나 기준이 아닌, 나 자체임을 말한다. '나'의 본질은 내가 기준이 되어야 하며 나를 증명하는, 변하지 않는 것이다. 하지만 사람들은 인간의 존재가 전하는 본질을 파악하려고 하지 않는다.

"한 사람을 알아간다는 것은 그 사람이 속한 하나의 세계를 알아가는 것과 같다."(조해진, 《한없이 멋진 꿈에》, 문학동네, 2009, P.76)라고 말하는 것처럼 있는 그대로의 나를 안다는 것은, 그것에 관심과 에너지를 쏟지 않으면 결코 알 수 없다. '너를 아느냐'라고 물으면 나조차도 주저하는데, 그들이 무슨 연유로 남의 일에 정성을 쏟겠느냐는 말이다. 하지만 아이러니하게도 나는 타인의 시선을 피하고 싶다가도 때로 그들이 나를 어떻게 보느냐 궁금하기도 하다.

권이항은 소설 〈모든 것은 레겐다에 있다〉에서 인간의 본질을 외면한 채, 자신의 잣대로 타인을 평가하는 현대 사회 사람들의 실상을 끄집어낸다. "모든 사물에는 모든 인간에게 과연 주체라는 것, 그 본질이라는 것이 있느냐는 생각이 들었어요. (…)본질이란 없는 것이 아닌가. 보는 것이 아닌, 모든 것은 읽히는 것에 있다는 생각이 들었어요. 여기서 '나' 자체도 자신의 본질을 모르는 것"이라며 "우리의 상황도 이와 별반 다르지 않"다는 생각에서 작품을 썼다고 작가는 말한다.

이 소설은 2019년 현진건 문학상을 통해 주목을 받았다. 이상우 심사위원은 "누군가에 대해 자신 있게 말할 수 있는 사람은 없다. (…)삶은 설명할 수 없는 것이며, 삶에 대한 모든 진술은 오독에 근거할 뿐이라는 메시지를 이 소설은 효과적으로 전하고 있"다는 심사평을 남겼다. 그렇듯 내가 누구인가에 대한 해답은 타인이 나를 읽고, 오독이든 정독이든 그것을 해석함으로써 만들어진다. 누가 어떻게 읽느냐에 따라 나의 운명도 달라진다. 나는 그대로인데도 그들에게 천차만별로 해석된다는 것이다.

이 소설은 단역배우 '박신우' 이야기다. 스물에서 마흔아홉까지 연기를 했으나 거의 무명이다. 사람들은 그를 잘 알지 못했지만, 구부정한 등으로 인해 '절박한 등짝' 또는 '아부의 등'이란 별명으로 기억했다. 그러던 그가 연기 생활 29년 만에 드디어 뜨게 되는데, 그는 갑자기 사라진다. 그는 산골의 빈집에서 외부와 연락을 끊고 고물을 주우며 살고 있다. 그가 종적을 감추자 사람들이 그에 관해 나름의 해석을 내놓았다. 시간이 흐르면서 자살을 했거나 스스로 잠적했다는 쪽으로 가닥을 잡는다. 한편 격리된 생활을 하던 그에게 몸이 점점 사라지는 이상한 현상이 나타난다. 한 달 만에 온몸이 다 사라지고, 그는 어디선가 살고 있을 것 같은 자신의 몸을 미치도록 그리워한다.

소설에서 사람들은 '나름대로 해석'함으로써 그를 특이하고 이상한 사람으로 만든다. 그는 아무에게도 이해받지 못하고, 버려진 것을 모으며 혼자서 고독함을 채운다. 하지만 그 행위는 또 다른 자기의 외면적 흔적을 끌어모으는 것에 불과하다. 사람들도 자신도 보이는 것만 이해하고 짐작할 뿐, 자신 속에 숨겨진 본모습의 진실은 누구도 모른다.

내가 이 소설이 끌렸던 것은 '나는 이런 사람이었던가?'하는 자신의 정체성에 대해 작가의 지적이 섬뜩하고, 강렬하게 다가왔기 때문이다. 그렇다고 이 소설이 '본질'의 문제를 직접적으로 해결해주는 것은 아니다. 오히려 진실은 더 혼돈되고 불투명하게 남을 뿐이다. 하지만 이 작품은 현대인들은 알고 있으면서도 깨닫지 못한 '나의 본질'이, 타인으로부터 해석되고 결정이 된다는 것을 환기喚起시켜준다고 하겠다.

나는 어떤 사람인가

언젠가 신문에서 '엑스트라의 삶'을 다룬 기사를 본 적이 있다. "새벽이면 서울 여의도 방송사 주차장 앞에 몇 십명의 사람들로 북적거린다. 이른 새벽부터 모여든 사람들은 단역 배우들이다. '엑스트라'라고 불리는 사람들이다. 그들은 아침 8시부터 촬영이지만 세트장까지 가려면 시간이 꽤 걸리기 때문에 이 시간에 출발해야 한다. 이들은 교통편과 식사만 제공되는 것이 전부며, 이동시간이나 대기 시간은 근로 시간으로 인정되지 않는다. 그럼에도 '생계형' 엑스트라의 경우는 일에 비해 실질적으로 적은 일당을 받더라도 일을 할 수밖에 없다. 그런데 이 일도 최근 많은 보조 출연 업체가 생겨나 드라마 제작사와 경쟁이 치열해져서 일거리가 보장되지 않아 생활이 더 어려워졌다."

〈모든 것은 레겐다에 있다의 박신우는 29년째 엑스트라였다. 그는 "1750번 죽었고 830번 칼에 베이거나 몽둥이로 얻어 은 경력을 갖고 있"었다. 그랬던 그가 드디어 사람들의 주목을 받게 된다. 하지만 무엇에 사로잡힌 듯 갑자기 사라졌다. "분명한 건 그들과 같은 공간에 있어도 함께 있지 않았"고, "난 이미 끝,에 와 있었"다고 말하며 조용히 떠난다.

그는 시골 낡은 집에서 "버려진 전기밥솥이나 낡은 의자 같은 것들을 주워" 나르거나 다시 버리며 생활했다. 길고양이에게 먹다 남은 밥을 주다가 "버려두고 온 그녀가 생각"나기도 했다. 그는 버려진 것들과 생활했고, 버린 것들만 집착하며 바쁜 날들을 보낸다.

그는 어떤 존재였던가. 그는 배우였지만 배우 밖의 시선에서 '버려져' 있었다. 그가 그토록 버려진 것에 대해 집착하는 것도 자신은 이미 알고 있었다고 짐작할 수 있다. 그가 사라지고 난 다음 그에 대해 사람들이 기억하는 것은 없었다. 다만 "구부러진 등이 영락없이 존경과 아부와 필요에 따라선 연민의 느낌까지 제대로 보여주는 걸로 봐서는 타고난 천성이나 먹고사는 일의 절박함 때문일 거라고 함께 일했던 동료들은 기억"하고 있었다. 그를 '절박한 등짝'이나 '타고난 각도'로 부르기도 했고, '비린 등'이라는 생각이 든다고 했다. 그는 사람들에게 절박하게만 보였을 뿐이다. 작가는 "이 세상 모든 사람이 다 '절박한 등짝'을 가지고 있다고 생각"하는데, "나한테만 있는 것도 아니고 박신우에게만 있는 것도 아니"며, "남들이 볼 때 조금 달라 보일 뿐 모두가 그것을 갖고 있"는 것으로 본다. 그래서 일반적으로 "기준을 잡을 수 없고 규정을 정할 수 없는 게 바로 그 '절박'이라는 단어"이다. 결국 "타인에 의해 해석되어지는 우리나, 나를 해석하는 타인이나 다 '절박한 등짝'이라"고 말한다.

우리는 흔히 "사는게 고통이지"라는 말을 한다. 언제나 절박하게 살고 있기 때문이다. 하지만 그 속에서 또 다른 살기 위한 '절박한 자유'를 꿈꾸기도 한다. 사람들은 인생의 고통 속에서 허덕일 때 비로소 삶의 변화를 절박하게 찾아 나서게 된다. 박신우도 긴 세월 동안 엑스트라 인생으로 고되게 살았으나 그만큼 결과가 돌아오지 않는 비정한 현실을 깨닫고, 이룬 게 없는 인생에 더이상 미련을 두지 않았을 것이다. "차 바로 앞에서 길이 순식간에 뚝, 끊어지고 낭떠러지가 나타났다. (…) 내가 온 길도, 가려던 길도, 늘 그래왔던 대로 여전히 이어진, 끊임없이 차들이 오고 간, 그리고 오고 갈 길이었”다. 그런데 지금 그는 절벽에 있었다.

소설에서 공간이동이나 의식 변화의 변화가 있을 때 대체로 ‘길’이 등장한다. 인물들은 ‘길’에서 자신의 존재를 탐색하고, 자아를 발견하거나 정체성을 찾는 경우가 많다. 또, 자신의 목적을 이루기 위해 시도를 하지만 뜻대로 되지 않을 때 그 길이 끊어지며 ‘좌절’하게 되고, 결말에서는 인물이 자신에게 주어진 삶에 순응하는 길로 인간의 ‘운명’을 나타낸다. 이 소설의 주인공에게 있어서 길은 인생이다. “속도가 좀 더 붙을 무렵 갑자기 눈앞에 거대한 벽이 나타났다. 아스팔트가 분수처럼 솟구쳐 오르며 벽이 되어버린 것처럼 보였다. 힘껏 브레이크를 밟았다. 그러자 눈앞에 펼쳐져 있던 벽이 커다란 사람 형체가 되어 자동차 앞 범퍼 쪽에 서 있었다. 찢어지는 바퀴 파열음과 딱딱하고 거대한 물체에 충돌하는 소리가 동시에 터졌다. (…) 내가 들이박은 게 사람이든 벽이든 들짐승이든 나는 그것을 비키게 할 수도 없고 피할 수도 없었”다. 그는 배우로서 정체성이 사라지고, 무의미한 삶에 대한 회의가 몰려왔다. 자신이 가고 있는 길의 끝을 자각하고 괴로웠다.

그는 누구인가. 그가 사라지고 난 뒤 사람들은 그의 존재에 대해 나름대로 분석하기 시작했다. 그의 동료는 “그는 열여덟 번이나 죽은 후에 집에서 가져온 삶은 고구마 두 개와 우유 한 잔을 맛있게 먹었죠. 오늘 더 근사하게 죽을 수 있었는데, 그렇게 아쉬워할 때 그는 마치 죽음 전문 배우 같았죠. (…) 우린 앵글 속에 있긴 해도 앵글 밖의 인간이었죠. 의미 없이 죽어가는 인간들 중 하나인데 말입니다. (…) 행인1이나 병사2가 어울리는 사람이라고나 할까요.”라며, 그가 단역배우인 것이 체질이라는 듯 무심하게 말한다. 어쩌다 스포트라이트를 받았을 뿐, 운이 좋았다고 한다. 비웃는 동료의

말에 그는 "자신도 나와 다를 바 없는 단역배우라는 것을 잊고 있는 것"같다고 느낀다.

문화비평가는 박신우가 "소외 받은 대표적인 존재"였다고 한다. "시선에게 비껴있는, 잊어버려도 무방한 존재"라며, 그는 "시선의 피해자"라는 것이다. "분출하지 못한 폭력성이 숨어 있"는데, 자신이 "더 이상 '아부의 등'이 아니"라는 것을 보여주려 한 것이라 한다. 그는 "소외받는 엑스트라가 아니라 소외라는 커튼 속에 가려진 더 무서운 폭력"을 갖고 있고, "함께 살고 있는 여자와도 사이가 꽤 나빴고 자주 고함소리 같은 게 들렸다"고 말한다.

심리학박사는 그가 "현대 사회의 고질병이 되고 있는 리셋 증후군"이라고 말한다. "정신질환의 일종이라고 볼 수 있는데 (…) 연기자에게도 충분히 생길 수 있"다며, 연기자이기 때문에 "힘든 인간관계 등 모든 것을 다 리셋시킬 수 있다고 믿을 가능성"이 충분하다는 것이다.

우리는 어떤 되돌릴 수 없는 실수를 했을 때, "시간을 되돌리고 싶다", "오죽하면 모든 것을 지워버리고 싶을까"라는 말을 한다. 이럴 때가 '리셋'하고 싶은 순간이다.

리셋 증후군은 90년대 일본에서 처음 사용된 말로 컴퓨터에 버퍼링이 있을 때 리셋 버튼만 누르면 재시작하는 것처럼 현실에서도 시간을 거꾸로 되돌릴 수 있다고 착각하는 것이다. 심리학박사는 그가 "조연이었"고, "결코 주연은 될 수 없는, 현실과 연기의 경계가 뚜렷하지 않은 그에게 자신의 인생마저 사이드에 서 있다"는 사실을 깨닫자 참을 수 없어서 현실 세계를 리셋하려 한 것으로 판단했다.

기자는 경찰이 박신우를 자살로 결론을 내렸다고 말한다. 그는 "형제조차 그를 꺼려하"고, "주변에 특별히 가까이 지내는 사람도 없는 것"으로 보아 중요한 사람은 아니라고 한다. "주목할 것은 아무도 그를 찾지 않는다"는 것이다. 마지막으로 한강을 수색했고, 그의 것으로 추정되는 운동화 한 짝이 발견되자 실종 5개월 만에 수사는 종결되었다. 사람들은 그를 "폭력에 강한 욕망"이 삶을 지배하는, "현실과 가상의 세계를 혼동"하는 정신질환자로 결론지었다.

그의 존재는 어디에 있는가. 그에 대해 사람들이 해석하기 시작했을 때, 그의 신체 일부가 하나씩 사라지기 시작한다. "무심코 전화기 가까이 오른팔을 뻗었다. 손이 보이지 않았다. (…)이 상황이 꿈이나 환상이 아닌 현실이라는 것을 깨달았"다. 그는 "평생 내게 현실이란 있었던가"하는 생각을 한다. "나는 이미 세상의 끝을 넘어선 사람"이니 병원을 가더라도 이 상황을 믿어주지 않을 것이라 생각한다.

시간이 지나면서 그는 오른손에서 왼쪽다리, 그리고 며칠에 하나씩 몸의 어떤 부분이 사라져간다는 것을 알게 된다. "나는 아침에 눈을 뜨면 오늘은 또 무엇이 사라질지 궁금해졌고 어느 틈엔가는 은근히 기다리게 되었다. (…) 형체가 없는 것에서 소리가 난다는 사실이 우스웠"다. 그는 보이지 않아도 있는 것이 확실한 것들을 찾는다. "바람, 공기 …… 음, 그렇지, 마음도 안보이지만 있는 거지. 그리고 …… 내 몸들 ……." 그가 찾는 것은 형체가 없어도 확실히 존재하는 것, 그 자체로 그대로 존재하는 것. 그는 투명 인간이 되었지만, 신체에서 소리가 난다든지 고양이가 보이지 않는 나의 손의 감촉을 느끼는 것도 나의 본질은 그대로 있기 때문이라는 것을 깨닫는다. 모든 형체가 사라져도 "등은 사라진 몸들을 대신해서 내 모든 생을 투영한 듯 적당히 구부러진 채 남아 있"었다. 사람들이 그를 '절박한 등짝'이라고 기억하듯이 등짝은 그의 삶의 실체다. 한 달 만에 몸은 모두 사라졌지만 "등은 마지막까지 남아 버둥거"리며 그의 존재를 증명한다.

그는 사라진 몸들이 그의 의식과 전혀 상관없는 다른 생을 살고 있다고 생각한다. 주인공은 자신의 실존을 간절히 찾고 싶어 했다. 하지만 그의 인생은 존재조차 없었다. "내게서 떨어져 나간 보이지 않는 또 다른 내 몸은 내가 전혀 짐작할 수 없는 어떤 시간을 보내고 있을 것 같았다. (…) 나와 아무런 상관없이 내가 모르는 어디선가 살아가고 있을 내 몸이 미치도록 보고 싶었다."

나의 존재를 애타게 그리워하는 주인공의 마지막 절실함은 눈물겹도록 안타깝다.

나는 해석될 뿐이다

요즘 현대인들 사이에 '레전드'라는 말이 유행이다. '전설로 남을 만한', '대단한 사건이나 인물'로 그 분야에 독보적으로 뛰어날 때 쓴다. 온라인에서 주로 사용되었다가 이제는 방송이나 영상에서도 자연스럽게 쓰이며, 프로그램 제목에서도 흔하게 찾아볼 수 있다. 오늘날 유행어처럼 흥미를 주면서도 특별한 의미를 지닌 '레전드'는, 옛날 대중들에게도 '레겐다'로 불리며 중요한 의미를 가진다.

'레전드(legend)'는 전설을 뜻하는 말로, 라틴어 '레겐다 (legenda)'에 뿌리를 두고 있다. '반드시 읽혀야만 하는 것(things to be read)'이라는 의미를 갖고 있으며, 구전口傳되던 시대의 어원으로 보면 '전해줘야만 하는 것'이다. 그 당시 대중이 가장 (듣기)원하는 것이라 볼 때, 이것은 그들의 욕구를 반영한다고 할 수 있다. 하지만 어원에 따라 '읽힌다는 것'의 의미로 해석하려면, 사람들이 읽고 싶은 대상의 본질에 대해 제대로 파악하고 있다는 것을 먼저 전제해야 한다. 그렇지 않으면 대상의 실체는 오독에 빠지고, 완전히 다른 형체가 만들어질 수밖에 없다.

권이항 작가는 “지식의 속성은 보는 것이나 증명하는 것이 아니라 해석하는 것이다.”라는 ‘미셸 푸코’의 말을 작품 끝에 남겼다. 그는 미셸푸코의《말과 사물》에서 ‘원래의 사물보다 각주를 설명하는 각주가 더 많다’는 말이 마음에 와닿았다고 한다. 어느 동료가 ‘나’에 대해 얘기하고 이어서 비평가가 꼬리를 물고 또 얘기하고, 그래서 결국 그것이 가 있는 곳과 본질 사이에는 엄청난 거리가 생긴다는 것이다. ‘나’의 정체성을 갖는 데 있어서 ‘남’의 역할도 무시할 수 없다는 것을 뜻한다고 볼 수 있다.

어떠한 책을 읽고, 감상평 한 줄 쓴다고 할 때도 겉표지만 읽고 쓸 수는 없다. 그 책을 완전히 읽고, 충분히 이해했을 때 평가가 가능하다. 하지만 우리는 살면서 깊이 생각하지 않고 쉽게 판단을 내리는 경우가 많다. 몇 분도 채 되지 않는 짧은 시간에 그것을 인식하고, 바로 판단을 해서 오류를 범할 때도 있다. 어쩌면 인식조차도 하지 않는 경우가 있다. 그로 인해 잘못 분석한 감상평을 제출한다면 아무도 그 책을 완전히 읽었다고 인정해주지 않을 것이다. 어떠한 경우라도 그것의 정확한 인식 과정을 거치지 않고, 판단만 앞서면 안 된다는 것을 말한다. 인간에 대한 평가라면 이것은 더욱 신중을 요하는 일이다. 상대가 어떤 사람인지 알려면 먼저 올바른 시선으로 바라보기부터 시작해야 한다고 강조한다.

나는 이 소설을 읽으면서 ‘본질을 정확히 해석해야 한다’라는 것에 중점을 두었다. 소설이 독자에게 던져주는 메시지라고 생각되었다. 앞서 언급했듯이, 우리는 사회 속에서 타인의 판단에 따라 살아갈 수밖에 없다는 것을 알고 있다. 누구나 인식은 하고 있지만 현대 사회는 타인에 대해 깊은 관심을 둘 여유가 없다. 이러한 현대를 살아가는 우리에게 소설이 주는 의미를 찾을 수 있다.

사람이라면 자기 나름대로의 사고방식에 따라 주변에서 일어나는 일들을 이해하고 평가한다. 그렇기에 인간에 대한 인식이 왜곡되어 잘못된 해석이 나오기도 하는 것이다. 그러므로 무언가를 판단하기 전에 제대로 바라보자. 나만의 시선과 판단이 무조건 옳다고 어느 누가 자신할 수 있는가. 지금이라도 내가 바라본 세상에 대한 해석을 다시 살펴보고 오류가 있다면 교정을 해야 한다. 상대의 삶을 멋대로 읽고 만들어서는 안 된다. 나도 어느 순간에 읽힐 수도, 읽을 수도 있는 타인의 입장이 된다는 것을 반드시 인식하고 살아야 할 것이다.

한복용

모든 것을 버린 자의 평안

2016년 《인간과문학》 평론 등단
2007년 《에세이스트》 수필 등단
수필집 《우리는 모두 흘러가고 있다》, 《지중해의 여름》,
《꽃을 품다》, 《청춘아, 아프지 말자》

모든 것을 버린 자의 평안
다자이 오사무의 삶과 죽음에 대한 비평적 에세이

다자이 오사무를 찾아 미타카를 방문했다. 신주쿠에서 미타카로 가는 중앙동선 전철을 타고 15분가량 가면 미타카역에 닿는다. 미타카역三鷹驛에서 나와 중앙로를 지나 남쪽으로 내려가다가, 왼쪽 대각선으로 꺾어 조금 더 내려가면 다자이 오사무 문학관이 있다. 문학관은 그가 죽을 때까지 드나들던 술집 '지구사(千草)'의 자리이다. 원래 인근에 있던 이 술집에 언제 이곳으로 옮겼는지는 분명하지 않은데 전쟁이 끝나고 그러지 않았나 싶다. 그는 신문사와 잡지사 사람들을 이곳에서 만났고 2층을 빌려 자신의 작업실로 쓰기도 했다. 지구사가 언제 문을 닫았는지도 기록이 없지만, 문학관이 문을 연 때는 2008년 3월, 그러니까 그가 죽은 지 60주년 되는 해였다. 문학관에 이르니 기모노를 입은 다자이가 외벽 2차원 공간에 갇힌 채 웃음과 심각함이 중첩된 얼굴로 맞았다.

문학관을 관리하는 이는 다자이의 후손이 아니라 지구사 주인이었던 쓰루마키 부부의 후손이다. 다자이는 쓰루마키 부부에게 많은 신세를 졌던 것 같다. 야마자키 도미에와 함께 옥천 상수에 몸을 던지던 날 아침, 다자이가 급하게 쓴 유서의 수신인도 쓰루마키 부부에게였다. 다자이와 야마자키는 유서에 이렇게 적었다. "당신들 부부는 장사와 상관없이 저희들에게 잘해주셨습니다." 다자이는 죽은 뒤 유품 관리까지 그들에게 부탁했다. 단순한 술집 주인과 손님의 사이는 아닌 듯했다.

문학관 관리자인 남자는, 자그마한 체구인데, 매우 친절했다. 연신 미소를 띠고 무언가 자꾸 도움을 주려고 애썼다. 다자이가 입었던 검정색 망토를 건네며 그 옆에서 사진을 찍으라고 눈짓했다. 내가 사진을 몇 장 찍고 망토를 건네자 엄지손가락을 치켜세웠다. 젊은 직원은 다자이가 아이들과 함께 한 사진을 보여주었다. 부드러운 눈빛, 그는 자상하고 따뜻한 아버지였다.

문학관은 크지 않은 공간이지만 그의 연보와 사진들이 잘 전시되어 있었다. 다자이가 미타카에 있던 동안 그의 흔적을 적시한 지도가 벽에 붙어 있었고 초판본과 각종 잡지 등도 있었다. 그가 집필한 책과 친필 원고며 복제본, 그리고 비싸지 않은 문구들이 판매용으로 진열되었다.

그중 몇 개의 연필을 꺼내들었다. 다자이 이름이 들어간 연필로 글을 쓰면 그처럼 글쓰기가 가능하려나? 연필을 만지작거리며 그런 생각을 잠깐 했다. 글을 쓸 때 사용할 연필은 아니지만 나는 연필 모으길 좋아한다. 주로 책을 읽을 때 밑줄을 긋거나 탐나는 문장을 필사할 때, 또는 편지 쓸 때 연필을 사용한다. 나에겐 4B연필도 그런 용도로 쓰인다.

연필 말고도 기념품으로 챙겨가고 싶은 물건들은 더 있었다. 그중 엽서와 테이블보, 진녹색 줄이 쳐진 원고지묶음을 집어 들었다. 계산한 기념품을 받아들며 연필을 다시 꺼내보았다. 연필 한쪽에 세로로 세 줄씩 글씨가 박혔다. 수박색 연필에는 금박으로 "'우리는 살아있기만 하면 된다.' 《비용의 처》에서", 은박의 검정색 연필에는 "'인간은 사랑과 혁명을 위해 태어났다.' 《사양》에서"라고 적혀있다.

다자이 오사무는 1909년에 태어나 39년을 살고 1948년 삶을 스스로 마감했다. 유년기에는 병약해서 죽음의 문턱을 몇 번이나 넘었고 소학교에 들어가서도 병으로 결석하는 날이 많았다. 열다섯 살에는 아버지를 여의고 스물일곱 살에는 병을 고치기 위해 복용한 파비날 중독에 시달렸으며, 다음 해에는 이것을 치료하느라 요양을 해야 했다. 그의 조상은 빈농이었으나 증조부가 고리대금업에 손을 대면서 가문이 일어나기 시작했다. 그는 증조부가 고리대금업을 한 내력을 몹시 부끄러워했다고 전해진다.

그는 11남매 중 열 번째로 태어나, 어머니가 아닌 이모나 유모의 손에서 자랐다. 모성을 제대로 느낄 새가 없었다. 모성의 결핍은 그가 여자에 탐닉하도록 하는 이유가 되지 않았을까 싶다. 자신은 한 번도 여자를 돈으로 산 적이 없다고 적었는데, 그가 여성과 사귄 이력들을 보면 이는 사실일 것 같다. 그에게 필요했던 것은 여성이 아니라 어머니의 젖가슴이었다. 이런 결핍이 그를 사회에 적응하지 못하는 인간형으로 만들지 않았을까. 네 차례나 자살을 시도했고 또 헤아릴 수 없이 스스로를 망가뜨린 것은 어찌 보면 살아있음의 확인일 수도 있을 것이다. 그에게 자살 시도는 살아있음을 확인하고 조리차한 현실의 삶으로부터 해방되려는 갈망이었다.

첫 애인 오야마 하츠요는 게이샤였다. 그녀가 고향 유지의 첩이 된다는 이야기를 들은 다자이는 그녀를 도쿄로 데려왔다. 이 일로 다자이의 모친은 심한 정신적 고통을 겪었다. 그는 가문에서 제적되었다. 두 번째 여인이었던 타나베와 시도했던 동반자살에서는 타나베만 죽고 다자이는 살아남았다. 자살 방조자로 의심을 받기도 했던 그는 자신만 살아남았다는 것에 대해 상당한 고통을 받았다. 타나베와 동반자살을 시도했던 때가 1930년, 스물두 살 때였다.

그는 스승인 이부세 마스지의 소개를 받아 이시하라 미치코와 서른

살이던 1월에 결혼하면서 생활의 안정을 찾기 시작했다. 가을에 미타카로 이사하고 나서는 일본근대문학을 대표하는 주옥같은 작품들을 발표했다. 1940년에는 《여학생》으로 기타무라 도코쿠상을 받았고, 1941년에는 햄릿을 패러디한 희곡풍의 소설 《신햄릿》을 간행했다. 이때 독자였던 오타 시즈코와의 밀애도 시작되었다. 때는 태평양 전쟁 시기, 전쟁이 길어지면서 출판사들은 통폐합되고 문예지들은 폐간되었다. 1944년 8월에 태어난 장남의 다운증후군은 그를 무척 힘겹게 했다. 1944년 12월에는 간다의 인쇄공장이 공습으로 불에 타는 바람에 발매를 앞두고 있던 《종다리의 목소리》가 모두 불에 탔고 육필원고까지 소실되었다. 다행히도 야마시타 료조가 교정쇄를 갖고 있어 세상에 나올 수 있었다. 전쟁의 소용돌이 속에서 그도 어쩔 수 없는 전쟁의 피해자가 되었다.

그가 처음 소설을 발표한 때는 열일곱 살인 1925년. 습작인 〈도요토미 히데요시의 최후〉를 동인지에 발표하면서 작가의 길을 걸었다. 그는 동인지에 실을 소설이나 희곡, 수필을 쓰며 작가를 지망했다. 본격적인 작가로의 길은 1933년 단편소설 〈열차〉를 《선데이 히가시오쿠(東奧)》에 발표하면서부터였다. 동인지 《해표》에도 참여해 〈어복기魚服記〉를 발표해 좋은 평가를 받았다. 이때까지는 동인지와 비문학지에 발표했으나 1935년에는 전문 문학지인 《문예》에 소설 〈역행逆行〉을 발표하면서 문단에도 이름을 알리기 시작했다. 1935년에는 맹장염이 복막염으로 악화돼 육체의 고통을 겪으면서도 〈다스 게마이네〉를 썼으며, 수상에는 실패했으나 제1회 아쿠타가와상 후보로도 올랐다.

한글로 출판된 《다자이 오사무 서한집》에는 그의 내면이 잘 드러나 있다. 2009년 치쿠마서방筑摩書房에서 발간한 《다자이전집太宰治全集

12권 서간書簡》에 실린 편지를 정수윤 번역자가 선별해 엮었다. 이 책에는 1927년부터 1948년까지 다자이가 지인들에게 보낸 편지 282 편이 실려 있다. 스승인 이부세 마스지부터 다자이의 혼외자를 낳은 오타 시즈코에 이르기까지 수신인들은 다양하다. 이 편지들에는 작가로서의 자부심, 질병으로 겪는 고통, 문인이라는 직업의 숙명인 가난, 작가로서의 고독, 세상살이에 대한 번뇌 등 다자이의 다양한 모습이 드러나 있다. 스스로 목숨을 버릴 수밖에 없었던 다자이의 내면 또한 잘 드러나 있다. 여기에 《그럼, 이만……다자이 오사무였습니다》와 동반자살한 야마자키 도미에가 쓴 《그럼, 안녕히……야마자키 도미에였습니다》가 더해지면 인간 다자이를 이해할 수 있다.

다자이는 1935년 처음 주어진 아쿠타가와상 수상을 무척 열망했다. 그 스스로도 아쿠타가와를 존경했다. 〈역행〉과 〈어릿광대의 꽃〉을 제출했지만 결과는 낙방이었다. 심사위원 중 한 명이었던 가와바타 야스나리는 〈어릿광대의 꽃〉을 다자이의 실제 생활과 연관지어 부정적으로 평가했고 최종 후보 명단에서 제외되었다. 1회 아쿠타가와상은 이시카와 타츠조의 〈소우보蒼氓〉가 받았다. 소식을 듣고 흥분한 다자이는 "작은 새를 키우고, 무도회를 보러 다니는 것이 그렇게 훌륭한 생활인가?"라며 야스나리를 비난했다.

1936년 그는 다시 도전했다. 이번 응모작은 〈다스 게마이네〉였다. 그는 이 작품에 무한한 긍지를 갖고 있었으며 1936년 6월 29일 아쿠타가와상 심사위원인 가와바타 야스나리에게 편지를 썼다. "고생한 작품은 생애 단 한 번 보답을 받을 만하다는 객관적인 정확함, 한 점 의심의 여지도 없으니, 부디 저에게 아쿠타가와상을 주세요. 저는 한 점 부끄러움도 없습니다." 심사를 맡은 소설가이자 시인 사토 하루오에게도 편지를 썼다. "저는 딱 10년만 더 살고 싶어 죽을 지경입니다. 저는 괜찮은 인간입니다.……아쿠타가와상을 받는다면 저는 인간의 따뜻한 정에 울음을 터트릴 겁니다. 그리고 앞으로 닥칠 그 어떤 괴로움과도 싸워 이기며 살아갈 수 있습니다."(1936년 2월 5일) 하지만 이번에는 아쿠타가와상을 만든 기쿠치 칸이 반대했다. 이 해에 아쿠타가와상은 수상자가 없었다.

다자이는 그해 8월 22일 고향친구 고다테 젠시로에게 이렇게 적었다. "나의 아쿠타가와상, 기쿠치 칸이 반대했다고 해. 극한까지 파고들다, 파고들다, 드디어 막다른 길로 들어선 기분, 이제 기쿠치 칸 연구라도 해볼까." 9월 15일에는 이부세 마스지에게 "문단에는 미적지근한 인간밖에 없습니다."라며 정면으로 문단을 비판했다. 9월 19일 이부세 마스지에게 정신병원 입원이 확정되었다고 편지한 그는 다음날에는 사토 하루오에게 "사토 씨는 인간으로서 할 수 있는 최선을, 목숨을 다 걸고, 제게 해주셨습니다."라고 적었다.

그는 1937년 〈만년〉으로 다시 도전했다. 가와바타 야스나리도 이번에는 호의적이었다. 하지만 1937년 제3회 아쿠타가와상은 오다 타케오의 〈성외城外〉에게 주어졌다. 3회 이후 아쿠타가와상은 '한 번 후보에 오른 작가는 다시 후보로 선정하지 않는다.'라고 기준을 정해 다자이는 끝내 그 상을 받지 못했다.

그럼에도 그는 작가로서의 자부심이 매우 컸다. 1935년 9월 22일 야마기시 가이시에게 보낸 편지에서 《문예춘추》 10월호에 실린 자신의 작품 〈다스 게마이네〉에 대해 이렇게 적었다. "나의 작품을 아주 천천히 읽어보게. 역사적으로도 대단히 뛰어난 작품이야. 내가 나서서 이런 말을 하는 건 태어나서 처음일세. 나는 혼자서 감격하고 있어." 시인이며 소설가인 간베 유이치에게도 편지를 보냈다. "진정한 예술가란, 가장 미천한 것으로 보답을 받을 때 그 본연의 아름다움을 발한다."(1935년

10월 4일) 이부세 마스지에게는 "(저는) 목숨이 아깝지는 않지만, 저는 꽤 좋은 작가였는데 말입니다."(1936년 9월 15일)라고 했다.

현실과 이상의 부조화는 마음의 병은 물론이고 그에게 몸의 병까지 안겨주었다. 1935년 질병으로 요양하던 그는 지인들에게 폐는 9할 정도 회복되었으나 수술 후 신경쇠약으로 술도 못 마셔, 담배도 못 펴, 아주 고된 상황이라고 밝혔다. 9월 22일, 히로사키 고등학교 시절부터 오랜 친구였던 미우라 마사츠구에게 보낸 편지에서는 고독한 작가의 속내를 드러냈다. "가을의 추위가 오장육부에 스민다. 나, 아직도 유배지에서 달을 바라보고 있는 기분이야."

그런 정신적 고통 속에서도 그는 초연한 태도를 잃지 않으려고 노력했다. 1935년 9월 20일 친구인 화가 히레자키 준에게 보낸 편지에서 다자이는 "자살을 해도 좋고 백세 장수를 누려도 좋고, 사람마다 제각기, 나름의 길을 살아내는 일, 자아의 탑을 쌓아 올리는 일, 이것 말고는 아무것도 없습니다."라고 적었다. 이런 그의 생각은 한편으로는 삶에 대해 초연한 태도처럼 보이는데 이는 동시에 죽음에 대해서도 초연하긴 마찬가지였다.

그의 경제 사정은 어려웠다. 작가생활을 시작하면서는 늘 그랬다. 그는 여러 사람들에게 돈을 빌려달라고 부탁했다. 1935년 10월 31일 이부세 마스지에게 "월말에 돈을 꾸러 다니느라 괴로운 하루였습니다. 집에서 보내오는 돈도 점점 줄어들고, 여기저기 전화에 편지에, 길을 걸으며 눈물이 쏟아져서, 집에 들어가서 엉엉 소리내 울었습니다."라고 보내는가 하면, 히레자키 준에게는 "내달 3일에 갚겠으니, 50엔, 전신환으로, 내일 아침, 꼭 보내주십시오. 부탁드립니다. 형한테는, 저, 시종, 성실, 엄숙, 서로 존경하는 마음을 갖고 만났습니다. 형이 50엔 부탁을 거절한다면,

저, 죽겠습니다. 그 수밖에는 없습니다."(1936년 6월 28일)라고 애원조의 글을 보냈다. 히레자키 준이 빌려주지 않자 다시 "돈은 7월 10일 안으로 반드시 갚겠으니 좀 빌려주세요."(1936년 7월 2일)라고 하는 등 그의 편지에 수많은 돈 빌리기가 기록돼 있다. 사토 하루오, 요도노 루조 등 손을 벌린 대상도 다양했다. 그의 작품을 싣는 문예지나 잡지사에도 선금조로 손을 벌렸다. 그는 궁핍에서 헤어나지 못했다.

작가로서의 자부심. 아쿠타가와상 수상 실패, 지독한 빈곤, 그에 더해 지친 심신 등이 1930년대의 다자이 오사무를 지배했다. 그는 때때로 지인들과 갈등을 빚었다. 1936년 5월 18일 사토 하루오에게 보낸 편지에 이렇게 적었다. "제 엽서를 우치다 핫켄 씨하고 둘이서 당대의 명인 어쩌고 비웃으며 읽으셨다지요. 그 얘길 듣고 완전히 기가 꺾여서 이젠 친구한테도 제대로 엽서를 못 쓰게 되었습니다. 그럼에도 불구하고 더욱 비굴하게 돈을 빌려달라는 두 통의 엽서를 일부러 보내서 엽서 글의 신용을 저 스스로 포기했습니다." 하지만 다자이는 이내 후회했다. 7월 27일 다시 사토에게 "지난번 일은 용서해주세요. 앞으로 조심하겠습니다. 바람 부는 날, 바람의 주인처럼 굴러다니다 입을 잘못 놀렸습니다."라고 사과했던 것이다. 그날 밤 다자이는 사토에게 다시 편지를 썼다. 아마도 사토의 집을 찾아갔다가 만나지 못하고 그냥 돌아와서 편지를 쓴 듯하다. "이번 한 번만 마지막으로, 저의 실례, 용서하세요. 선생님이 화를 내시면 저, 죽겠습니다."

그의 삶은 늘 불안했다. "살아 있는 동안은 비참해지고 싶지 않습니다. 어떻게든 이 난관을 홀로 뚫고 나갈 각오이니 안심하십시오."(1935년 10월 31일)라고 이부세 마스지에게 편지를 보내는가 하면, 고다테 젠시로에게는 "우리의 슬픔을 비웃는 사람은, 죽여버리겠다. 흐트러진 마음 그대로 우체통에."(1935년 12월 4일)라고 적었다.

그의 불안은 1938년 9월 후지산 인근 여관 덴카차야에 머물 때 이부세 마스지의 소개로 이시하라 미치코를 만나면서 조금씩 나아지기 시작했다. 그는 미타카로 이사한 뒤 히라오타 토시오에게 편지를 썼다. "드디어 어찌어찌 미타카에 집을 얻게 되었습니다. 이제부터라고 생각됩니다."(1939년 9월 6일) 그의 생활이 정신적으로는 조금씩 안정되던 시기였다.

전쟁이 끝나고 세상에는 희망이 없어 보일 때 만난 오타 시즈코는 그의 작품을 빛낸 조연이었다. 하지만 이때부터 다자이의 영혼은 사양길로 접어들기 시작했다. 이전까지 편지만 주고 받던 오타 시즈코는 1947년 1월 미타카로 와서 다자이를 만났다. 오타는 다자이에게 자신의 일기를 맡겼다. 다자이는 돌아간 오타에게 편지를 보냈다. "2월 20일경 그쪽에 들르겠습니다. 거기서 이삼일 있다가 이즈의 나가오타 온천에 가서 이삼 주 체류하며 당신의 일기에서 힌트를 얻은 장편을 쓰기 시작할 계획입니다." 다자이는 그녀가 있는 산장을 찾아가 일주일 정도 함께 지냈다. 오타의 일기를 소재로 신작 《사양》을 쓰기 시작했다. 그는 3월 23일 오타에게 보낸 편지에 이렇게 썼다. "어제 집에 오니 아내는 묘하게 감이 왔는지 모든 사실을 다 알고, (편지에 대한 것이나 시즈코 씨의 본명, 별명 모두) 울며 추궁하기에 난처했어요.……한동안 잠시 조용히 지냅시다. 편지나 전보도 당분간 보내지 않는 게 좋겠습니다."

이즈음 그는 미타카에서 또 다른 여인 야마자키 도미에를 알기 시작했다. 그때 오타의 임신 소식을 들었다. 그해 3월 부인인 쓰시마 미치코는 딸 사토코를 낳았다. 오타는 11월에 딸 하루코를 낳았다. 한 해에 부인과 내연녀가 각각 딸을 낳은 것이다. 공교롭게도 사토코와 하루코는 둘 다 훗날 작가가 되었다. 사토코는 쓰시마 유코(1947-2016)로 이름을 바꾸었다. 오타 하루코(1947-)의 작품들은 아직

한국어로 번역되지 않았다.

1947년은 그에게 정신적으로 매우 복잡한 때였다. 사토코의 출산, 야마자키와의 만남, 그리고 오타 시즈코의 임신이 겹쳤던 것이다. 그는 다나카 히데미쓰에게 이즈음의 심경을 적어 보냈다. "하긴 나도 요즘 죽고 싶을 만큼 괴로워서, (어쩌다 심각한 관계에 빠진 여자도 생겨서 어쩔 줄을 모르겠고) 누굴 도와줄 입장은 아니지만, 아무튼 신초에 부탁해 보겠네……내 앞길에 해결해야 할 문제가 산재해 있어서 그걸 생각하면 가슴이 벌렁벌렁 뛰고, 서른아홉 살도 울고 싶어져."(1947년 4월 2일) 그는 5월 21일 쓰쓰미 시게히샤에게도 편지를 썼다. "'다자이씨의 얼굴을 보아하니 올 6월에 죽을 상이다. 나는 관상을 봐서 틀린 적이 단 한 번도 없다. 만약 틀린다면 내 목을 내놓겠다'라고 어느 젊은 여성이 단언하더군."

다자이는 《사양》의 자료는 오타 시즈코로부터 받았으나 집필할 때는 야마자키 도미에의 간호를 받았다. 몰락한 귀족을 그린 《사양》은 패전 후 혼란에 빠진 젊은이들 사이에서 '사양족'이라는 유행어를 낳을 만큼 큰 호응을 얻었다. 오타가 모델인 주인공 가즈코는 몰락한 귀족의 딸로 이혼 후 친정으로 돌아와 어머니를 보살핀다. 어머니의 죽음을 지켜보며 그녀는 혁명을 꿈꾼다. 동생 나오지의 선생인 우에하라의 아이를 갖는 것이었다. 그것은 딸로서의 역할을 마친 그녀가 자신의 꿈을 향해 현실을 헤쳐 나가는 데에서 맞닥뜨린 선택이었다. 소설에서 가즈코는 용기를 가진 인물인데 그것은 현실의 오타를 그린 것이다. 반면에 현실에서의 다자이는 매우 나약했다. 나오지도 그랬다.

방황하던 나오지가 어린 여자를 데리고 집으로 왔을 때, 가즈코는 짐을 싸 우에하라에게 간다. 나오지는 가즈코가 떠난 다음 날, 누나에게 유서를 남기고 어머니가 죽었던 방에서 자살한다. 마약과 술로 대부분의 시간을 보내며 궁핍한 생활을 하던 나오지는 자신의 현실을 거부하며 몸부림쳤다. 다자이는 나오지에게 자신의 앞날을 투영한 듯하다. "결국 내 죽음은 자연사입니다. 사람은 사상만으로 죽을 수 있는 게 아니니까요."라며 자신의 죽음을 정당화하는 나오지처럼 "모든 것은 그저 지나갈 뿐"이라며 다자이는 사양斜陽의 인생을 독백한다.

다자이는 《사양》 덕분에 이듬해 3월 아사히신문으로부터 연재소설을 의뢰받았다. 그는 야마자키 도미에와 함께 시즈오타 아타미 온천에서 머물며 연재소설 《인간실격》의 집필을 시작했다. 그는 5월 4일 아내 쓰시마 미치코에게 편지를 보냈다. "나는 무사하오. 밥도 잘 먹고, 작업도 순조로워. 대략 10일에는 돌아갈 예정이오." 5월 12일에 탈고된 《인간실격》은 아사히신문에서 낸 잡지 《전망》에 3회 연재되었다.

"나는 그 남자의 사진을 세 장 본 적이 있다."로 시작되는 서문과 제1,2,3 수기로 전개되는 이 작품은 오바 요조라는 이름을 가진 한 남자의 유년 시대·학생 시절·기괴한 사진 "세 장"을 보며 비교한다. 오바가 말하는 "부끄러움이 많은 생애를 보내 왔습니다."는 다자이 자신에 대한 이야기이다. "나"는 남과는 다른 감각을 가지고 있어 혼란스럽다. 사람과 온전히 대화할 수 없는 "나"는, 인간에의 마지막 구애로서, 익살짓을 한다. 하지만 "나"의 본성은 힘없게 웃는 인간이다. "나"는 서로 속이는 인간들에 대한 난해함 끝에 고독을 선택한다. 그것은 인간성이 상실된 현대사회의 모습을 적나라하게 보여준 것으로 끊임없이 자신을 파괴하는 오바를 통해 삶이 부질없음을 보여준다. 혼란한 정신상태를 겪고 입원했다가 고향으로 간 오바 요조는 거의 폐인이 된 채로, 인생에는 불행도 행복도 없으며 모든 것은 단지 지나갈 뿐이라고 말한다. 서술자는 후기에서 이 수기에 나오는 스탠드바의 마담일 것이라

짐작되는 인물을 찾아간다. 그 여자는 실제로 이 수기에 등장하는 바의 마담이었으며, 서술자는 그녀에게 오바 요조에 관해 아냐고 묻는다. 마담의 말은 "우리가 알고 있는 요조는 정말 순수하고 세심하고, 술만 마시지 않는다면, 아니 마셔도…… 하느님처럼 착한 아이였어요."였다.

《인간실격》은 문장 하나하나가 그의 이야기처럼 느껴진다. "어렸을 때부터 정말 행복한 사람이라는 말을 참 많이도 들었지만, 나로서는 항상 지옥 같은 마음뿐이고, 나를 행복한 사람이라고 말하는 그 사람들이 도리어 나와 비교도 안 될 만큼 훨씬 더 안락하게 보였습니다. 내게는 불행 덩어리가 열 개나 있는데, 그중 한 개라도 주위 사람들이 좀 짊어져본다면 그 한 개만으로도 충분히 그에게 치명타가 될 거라고 생각한 적도 있습니다."

다자이는 아내 미치코에게 이렇게 남겼다. "소설을 쓰기가 싫어졌기 때문입니다." 썼다가 찢어버린 유서에 남겨진 글이었다. 소설을 쓰기가 싫어졌다고 핑계를 댔지만 그는 그해 3월에 《인간실격》을 썼고 곧바로 연재소설 〈굿바이〉를 14회분 썼으며, 죽기 열흘 전에도 기자를 불러 〈여시아문〉 3회분을 필기하도록 했다. 하지만 〈굿바이〉도 〈여시아문〉도 완성되지 않았다. 십년 넘게 작가혼을 불사르던 그가 갑자기 소설을 쓰기 싫어졌다는 말은 그래서 믿기지 않는다. 그는 생의 마지막 즈음에 자신을 닮은 나오지와 요조의 길을 갔다. 사양길이라고 생각한 자신의 인생, 인간으로서 실격이라고 정의한 자신을 두고 그가 선택할 다른 여지는 없었을 것이다. 그는 아내에게 보낸 유서의 말미를 이렇게 마감했다. "모두 천박한 욕심쟁이들뿐. 이부세 씨는 악인이었다." 아직도 아니 앞으로도 해석이 불가능할 문장이다.

그는 사회부적응자였지만, 참으로 인간다운 인간이기를 바랐다.

무엇을 해도 행복하지 않았던, 그래서 바닥까지 가보자고 했던 그였다. 그런 점에서 그의 자살은 이해될 수 있다. 부유한 가정에서 태어났으나 아버지는 늘 바빴고 어머니는 병약했다. 어릴 적부터 감수성이 예민했던 그에게 고독과 소외감은 그림자처럼 따라 다녔다. 엘리트 의식을 지닌 청년으로 성장했지만 귀족으로서의 자부심을 떠나 지적 허영심에 대한 수치심으로 괴로워했다. 고교시절에는 공부보다는 문학과 좌익활동에 빠져 지냈으며 요정을 드나드는 등 수렁 속으로 깊이 들어갔다. 여러 여인들과의 연애, 불안감으로 찾아오는 자살충동 등으로 집안에서 내몰린 일들이 그의 작품에 영향을 준 것은 당연한 일이고, 어쩌면 그의 자살은 그 스스로 정한 운명이었는지도 모른다.

그가 몸을 던졌던 옥천 상수로 향했다. 청계천보다도 작은 개울이다. 겨울이다 보니 물이 깊지는 않았는데 폭이 넓지 않으니 비가 오면 물이 차 오르고 물살도 빠를 것 같았다. 다자이가 그 물에 뛰어들 때는 날마다 비가 왔다.

오후가 되니 2월의 해가 바삐 떨어지기 시작했다. 그가 묻혀 있는 선림사禪林寺로 발길을 서둘렀다. 입구를 지나 왼쪽을 향해 있는 안내판에서 그의 묘비를 찾았다. 누가 다녀갔는지 꽃 한 다발이 놓여있고 반쯤 남은 향에서 연기가 피어올랐다. 그를 위해 짧은 묵념을 바치고 비스듬히 무덤 옆에 앉았다. 그의 소설 《사양》과 《인간실격》이 떠올랐다. 다자이 곁에 앉아 가즈코와 그의 어머니, 그리고 나오지를 생각했다. 우에하라와 요조도 따라왔다. 이들은 하나같이 다자이의 모습이었다. 어느 한 사람에게서도 행복을 찾을 수 없었고 또 어느 한 사람에게서도 고통을 비껴갈 수 없었다. 그의 죽음에서는 역설적이게도 생에 대한 그의 간절함이 느껴진다.

그의 묘 건너편에는 나쓰메 소세키夏目漱石와 함께 일본 고전문학의 양대 산맥인 모리 오가이森鷗外의 묘가 있다. 모리 오가이 곁에 묻히는 것이 다자이의 소원이었다. 그는 죽어서 행복을 얻었다.

짧은 해가 서쪽으로 가라앉을 즈음, 나는 자리에서 일어섰다. "태어나서 미안해요."라던 다자이의 음성이 들리는 것 같다. 평생을 고통 속에 살다가 어느 날 홀연히 강물에 몸을 던진 다자이 오사무, 그의 만년晩年은 인간실격자로서의 아슬아슬한 하루의 연속이었다.

영화평론

문현주

문현주

영화 《기묘한 가족》, 새롭게 또는 낯설게 즐거움과 희망을

2019년 《인간과문학》 평론 등단

영화 《기묘한 가족》, 새롭게 또는 낯설게 즐거움과 희망을

들어가며

코로나19가 전 세계를 강타한 2020년, 모두가 한 번도 경험하지 못한 세계를 견뎌내는 중이다. 사람들이 많이 모이는 장소에 대한 입장 제한이나 폐쇄로 인해 문화 활동이 위축된 상황이지만 그래서인지 오히려 온라인상의 수요는 늘어난 추세다. 랜선으로 명화를 관람하고 오케스트라 실황 연주를 들으며 VOD(Video on Demand 영상정보 실시간 제공서비스)로 영화를 본다. 향유 방식에 변화가 왔을 뿐 예술에 대한 욕구는 존재하는 것이다.

사람들은 과연 예술을 통해 무엇을 얻고 싶은 것일까. 아름다움을 추구하려는 인간 본성의 발현이나 카타르시스를 통한 감정의 정화 등을 예술의 가치라 정의하지만, 쉽게 말하자면 아름다운 것 또는 재미있는 것을 통해 즐거움을 얻고, 때때로 지식이나 깨달음을 얻는다는 정도로 요약될 수 있겠다.

이 글에서 다룰 《기묘한 가족》은 코믹 장르를 표방한, 예술의 여러 목적 중 즐거움 쪽에 집중한 영화인데, 작년에 개봉했기에 현재는 VOD만 가능한 상태다. 검색 엔진의 평가를 보자면 Daum에서는 6.6, Naver에서는 7.46(2020년 9월 20일 기준)으로 결코 낮지 않다. 이는 개봉 당시의 저조한 성적(2019년 2월, 관객 26만명을 동원)을 생각해 보자면 의외이며, 긍정적인 리뷰도 점점 더 늘어나 흥미롭다.1 어떤 영화이길래 평가가 상향되고 있는 것일까. 그 궁금증을 화두로 이 글을 시작하며 먼저 줄거리를 간략히 소개한다.

> 노인 만덕(아버지)이 우연히 좀비에게 물리는데, 신기하게도 그는 젊어진다. 이를 본 동네 노인들이 좀비에게 물리기를 청하자 만덕은 가족과 힘을 합해 자기를 문 좀비를 잡아다 돈을 번다. 주머니가 넉넉해진 만덕은 하와이로 떠나고, 다른 가족들도 각자의 행복을 꿈꾸지만, 그 꿈은 곧 무너져 버린다. 좀비에게 물린 사람들이 진짜 좀비가 되어버렸기 때문이다. 좀비들은 만덕일가의 주유소를 습격하고, 만덕일가는 겨우 탈출에 성공하지만, 준걸(큰아들)이 좀비가 되어버린 것을 발견하고는 절망한다. 그 순간 회춘한 모습의 만덕이 돌아오고, 가족들은 만덕이 인간백신이라는 것을 깨닫는다. 이후 그들은 만덕을 필두로 좀비 바이러스를 퇴치하는 백신사업을 벌여 사람들을 구한다.

1. 좀비, 죽음이 아닌 삶을 보여주다

---

1 영화관 관객 1157만 명을 동원한 2016년의 《부산행》의 평점을 보면 Daum은 7.3을 Naver는 8.59를 기록했으며 잘 만들었다는 평가가 우세하다. 한편 올해 개봉한 좀비물인 《#살아 있다》는 관객수 190만 명, 평점은 Daum 4.6 Naver 7.04를, 《반도》는 관객수 381만 명, 평점은 Daum 5.4 Naver 7.23을 기록하고 있다. 《부산행》의 경우는 《기묘한 가족》과 비교할 수 없을 만큼 관객수도 평점도 높아 완성도가 우위임을 짐작할 수 있으나, 《#살아 있다》와 《반도》를 놓고 보자면 관객수는 이들이 더 많지만 평점 면에서는 《기묘한 가족》이 더 높기에 관객수(흥행성적)만으로 영화의 완성도를 평가할 수는 없을 듯하다.(2020년 9월20일 통계를 기준으로 함)

영화 《기묘한 가족》의 포스터를 보면 중앙부에 무표정한 얼굴로 피를 흘리는 한 남자가 있다. 그는 다름 아닌 좀비라고 하는데, 왜 가장 핵심적인 그 자리에 있는 것일까.

좀비는 움직이지만 죽어있는, 오직 사람을 먹겠다는 식욕만 남은 걸어 다니는 시체로 끔찍하기도 하지만 무엇보다도 문제는 그에게 물리면 누구든 좀비가 된다는 점이다. 그래서인지 서양 공포물의 단골손님인데, 요즘 들어서는 한국영화에서도 심심치 않게 그 모습을 볼 수 있다. 올해에는 《#살아 있다》, 《반도》 등이 제작됐고, 이에 앞서 2016년에는 《부산행》으로 흥행에도 성공을 거둔 전력이 있다. 넷플릭스의 《킹덤1》, 《킹덤2》 또한 영화는 아니지만 유명한 좀비 드라마다. 일반적으로 이들 좀비는 주인공을 위협하는 존재로 등장해 이야기를 진전시키는 데 크게 기여한다.

그런데 《기묘한 가족》의 좀비는 색다르다. 최초의 등장씬에 뭔가 사연을 암시하는 장면이 연출되었다. 비 오는 밤, 한 남자가 땅바닥에서 올라오는데 배경음처럼 여러 뉴스 멘트가 쏟아진다. 휴먼인바이오(Human-in-bio)라는 제약회사가 인간을 대상으로 불법 임상실험을 자행했다는 팩트와 함께 그 회사야말로 '휴먼인바이러스(Human-in-virus)'라는 네티즌의 사소한 풍자까지 소개된다. 좀비가 있어야 좀비영화가 성립되니 그가 중요하긴 하지만 이런 탄생 비화까지 나오다니, 그의 존재감이 결코 가볍지 않음을 짐작할 수 있다.

뉴스 멘트와 화면을 통해 우리는 임상실험 사고로 멀쩡한 인간이 좀비가 됐다는 점, 그리고 인간의 과도한 욕심이 과학을 변질시켜 바이러스처럼 인간에게 해악를 끼쳤다는 점을 알 수 있는데, 작년에 제작된 영화이지만 이는 마치 2020년을 예언한 듯하다.

현재 유행하고 있는 코로나19가 연구소에서 만들어진 것이라는 불분명한 여러 의혹들이 연상되니 말이다.(https://news.joins.com/article/23873238 등 참고)

이러한 비극적이고 기괴한 시작은 의외로 긍정적인 기대도 가능하게 한다. 원래 인간이었다는 이 좀비, 다시 돌아올 수 있지 않을까 하는 상상력을 발동하게 한다. 생각할 수 있는 사람만이 맛볼 수 있는 재미다. 아무튼, 이 좀비는 근본 없이 갑자기 등장해 주인공을 공포로 내몰던 기존의 영화과는 다르다. 배경으로만 존재하던 좀비가 그 활동 영역을 넓혀 다른 서사를 생산하기 시작한 것이니 말이다.

뿐만 아니라 성격 면에서도 이 좀비는 썩어가는 피부와 기괴한 음성에도 불구하고 온순하다. 물론 노인 만덕에게 얻어터지다 못해 그를 물어버리는 돌발상황을 연출하지만 말이다. 아마도 이는 정당방위쯤으로 이해가 가능할 것 같다. 그런데 이 실수 덕에 만덕은 머리가 검어지고 피부도 팽팽해졌다. 이 좀비의 정체는 기묘하게도, 젊음 바이러스 그 자체였던 것이다.

늙음이 두려운 것은 결국에는 죽음으로 내닫기 때문일 텐데 젊음 바이러스라니! 이는 시간을 넘어선, 인간이 오랫동안 꿈꾸던 영생과도 같다. 임상실험을 통해 출현한 좀비가 시간을 초월한 젊음이 가져다 준다는 설정은 신선하다 못해 전통적 좀비물의 입장에서 보자면 변격이고 파격이다. 자유로운 상상력에 기반해 죽음에만 국한되어 있던 좀비가 삶을 향해 발걸음을 내딛은 즐거운 이야기가 펼쳐지는 것이다.

2. 좀비와 인간, 관계를 시작하다

이름이란 무엇인가. 다른 대상과 구별해 부르기 위해 사람이나 사물

등에 붙이는 일종의 기호다. 보통 좀비들은 떼를 지어 다니며 인간을 위협할 뿐, 독립된 개성을 지니거나 인간과 관계를 맺는 경우는 드물다. 따라서 대부분 이름이 없다. 그런데 이 《기묘한 가족》의 좀비는 이름이 있다. 어떤 연유인지 호기심이 발동한다.

좀비는 만덕을 물고난 후 동네를 떠돌아다니다 우연히 만덕의 가족에게 잡힌다. 가족 중 막내딸 해걸은 헛간에 감금당한 그에게 "넌 이름이 뭐여?"라고 묻고, 그가 아무말도 하지 않자 '쫑비'라는 이름을 지어준다. 이름을 갖는다는 것은 좀비1, 좀비2 정도의 흔하고 일반적인 좀비가 아닌, 개별적 정체성을 지닌 존재이자 누군가와 관계를 형성할 수 있는 특별한 좀비 '쫑비'로의 재탄생을 의미한다. 비록 아직은 토끼와 유사한 애완동물 레벨이지만.(해걸은 이름을 짓기 직전 생각에 잠긴 표정으로, 얼마 전까지 토끼가 살던 빈 토끼장과 양배추를 먹고 있는 좀비를 번갈아 봤다. 어쩌면 그를 토끼처럼 취급했을지도 모르겠다.)

나아가 이 '쫑비'라는 이름은 금세 사회적 관계성도 지니게 된다. 작은아들 민걸은 쫑비가 좀비인 것을 알고 그를 팔아넘기려고 납치했다가 우연히 경찰에게 발각되고 그들은 모두 경찰서에 잡혀간다. 그런데 때마침 쫑비의 정체를 알아챈 만덕이 경찰서로 와서는 쫑비를 자신의 숨겨둔 막내아들이라 우긴 것이다. 비록 거짓이긴 하지만 쫑비는 '박종비'라는 엄연한 이름과 만덕의 아들이라는 사회적 지위를 한번에 획득한다.

한편 신기하게도 이런 거짓 관계는 조금씩 진짜 관계로 변화할 조짐을 보인다. 만덕이 자신의 젊음이 쫑비에게 비롯된 것이라며 홍보하자 마을 노인들은 돈을 내고 쫑비에게 물리기를 청하고, 그렇게 쫑비 덕에 돈을 벌자 만덕의 가족은 그를 달리 대한다. 미용실에도 데려가 머리도 다듬고 썩은 피부를 커버하는 메이크업도 해주고 개인방도 만들어 준다.

특히 준걸은 한 식탁에서 밥을 먹자며 가족이 별거냐고 '같이 밥 먹고 살면 가족'이라고 구수한 충청도 사투리를 던지는데, 이는 관계 변화의 급진전을 의미한다고 볼 수 있다. 우리는 완전 남남인 사람에게도 형, 동생, 이모 등의 호칭을 종종 사용한다. 친척이 아님에도 불구하고 혈연관계를 나타내는 호칭을 사용하는 것은 친근하고 편한 관계임을 강조하거나 그렇게 되기를 바랄 때다. 하지만 좀비를 대상으로 이렇게 직접적으로 가족을 운운한 것은 처음이 아닌가 싶다. 인간이 아닌 좀비는 엄연히 이질적인 세계의 소속이니 돈이라는 이익요소가 개입되어 있다 하더라도 호형호제는 대단한 발상의 전환이라 하겠다. 기존의 구별이나 차별에 얽매이지 않은 새로운 열린 사고다.

이처럼 해걸의 이름짓기나 준걸의 가족 발언은 인간과 좀비라는 두 세계의 경계를 허물고 있는데, 과연 이 좀비 쫑비의 행보는 어디까지일지 이들의 관계 변화를 지켜보는 재미가 쏠쏠하다.

3. 돈만 밝히던 가족, 기묘하게 변화하다

책이든 영화든 제목이란 그 내용과 지향을 가장 집약적으로 표현한다. 이 영화의 제목 '기묘한 가족' 역시 마찬가지일 텐데, 그렇다면 만덕일가의 무엇이 그리도 기묘한 것일까. 궁금해진다.

가족이란 여러 개인이 모인 만큼 그 성향이 다양한데, 우선 초반에 이들이 보여준 가족 구성원의 공통적 성향은 돈을 상당히 애정한다는 점이다. 준걸 내외는 남의 차량을 일부러 고장내 고액의 수리비를 챙겼고, 만덕은 돈을 따겠다며 화투판에서 눈속임을 썼으며, 민걸은 혼자서 돈을 독차지하겠다고 쫑비를 납치했다. 물론 가족 모두 쫑비를 이용해 사람들을 젊어지게 해준다며 돈벌이를 했으니 각자도생이든 합심이든 그들의 최고 관심사가 돈이었음은 말할 것도 없다.

그런데 이 가족의 관심은 한 사건으로 인해 반전을 맞이하게 된다. 좀비들이 이들의 사업장이자 집인 주유소를 습격한 것이다. 달려드는 좀비들을 피해 겨우 헛간에 있는 낡은 컨테이너로 몸을 피했지만 준걸의 아내 남주는 갑자기 해산기를 느낀다. 이들 가족은 그 어느 때보다도 진한 가족애를 발휘해 해걸은 남주를 돌보고, 준걸과 민걸은 헛간 컨테이너를 안전하게 밖으로 끌어낼 트럭을 찾아 다시 주유소로 간다. 이 외에도 쫑비의 변화 또한 눈여겨볼 수 있는데, 그는 자신을 챙겨주는 해걸을 보면서도 양배추에 대한 식탐만 보여오던 과거와는 달리 위기 상황에 처하자 자신이 해걸을 좋아하고 있음을 인지하고 주유소로 달려가 그녀를 구하려 애쓴다. 이들에게 좀비라는 위기 상황은 정말 소중한 것이 무엇인지 알게 해주는 계기로 작용한 것이다.

특히 컨테이너를 옮길 트럭을 빼내오려는 목숨을 걸고 행동하는 민걸의 활약은 기대 이상이었다. 준걸은 남주의 남편이니 그럴 수 있거나 또는 당연히 그래야 하겠지만 민걸의 변화인 만큼 놀랍다. 혼자서라면 충분히 도망갈 수 있음에도 불구하고 좀비 소굴인 사지死地로 자청해 들어가는 것은 드라마틱한 반전의 진수를 보여준다. 그는 아버지 만덕에 대해서도 쫑비에게 물렸으니 좀비에 불과하다며 죽여버리자 했던 인륜도 무시한 채 자기만 살겠다던 인물이 아닌가.(한편 이런 점은 개연성의 미흡으로 여겨지기도 한다.)

그렇다면 돈을 사랑하던 이들이 진정 소중한 것을 알게 됐고 그것을 지키기 위해 목숨을 건다는 점이 '기묘한' 것일까. 이는 정말로 개과천선했을 가능성도 있고, 이 가족 외에도 영화나 현실 속에서 이런 경우들을 종종 찾아볼 수 있기에 기묘하다는 표현이 적합하지 않은 듯하다. '기묘한'은 보통, 일상, 보편을 넘어선 대상이나 상황에 쓰이는 단어이니 말이다. 영화가 진행되면서 이 '기묘한'이란 말이 제대로 발휘되는 지점이 있다. 바로 영화의 마지막 부분이다.

우여곡절 끝에 만덕의 가족은 좀비 소굴을 탈출했지만 안타깝게도 준걸이 좀비가 되어버리고 만다. 모두가 패닉 상태에 빠져있던 그때, 하와이로 여행 갔던 아버지 만덕이 쌩쌩한 모습으로 나타나고 가족들은 그를 반가워하다 의아해한다. '아버지는 좀비일까 아닐까?'하며 혼란스러워 하는 그들을 배려한 듯 마침 라디오에서는 뉴스가 흘러나온다.

> 국민 여러분, 현 시각으로 국가비상사태를 선포합니다. 대한민국은 현재 치명적인 바이러스의 공격을 받고 있습니다. 외출을 삼가시고 감염환자와 절대 접촉하지 마시기 바랍니다. 혹시 물리거나 감염된 후에 회복된 사람이 있으시면 질병 본부로 오시기 바랍니다. 면역능력이 있는 여러분만이 유일한 희망입니다.

'국가비상사태, 치명적인 바이러스, 감염환자' 등 마치 2020년 요즘 뉴스처럼 익숙한데, 만덕이 누구인지는 이 뉴스 안에 답이 있다. 그야말로 좀비에게 물렸음에도 불구하고 좀비가 되지 않고 젊음을 유지한 면역능력의 소유자, 즉 인간백신이었던 것이다. 역시 해피엔딩을 보장하는 코미디답게 그간 벌어졌던 갈등과 위기 상황을 해결할 즐거운 방법을 제시했다고 하겠다.

이후 영화는 6개월 후를 보여준다. 돈을 좇아 배신을 일삼던 민걸이 '줄을 서시오~'라면서 좀비들을 불러 모으고, 가족 모두가 좀비를 원래의 사람으로 되돌리는 일에 몰두해 있다. 백신 배포 가족 사업을 벌인 것이다. 만덕을 이용해 위기에 빠진 국가와 국민을 구원하다니 대단한 변신이며 흥미로운 급반전이다. 이뿐 아니라 준 가족의 대우를 받던 좀비 쫑비도 백신 효과인지 다시금 멀쩡한 인간 사위가 되어 있었다.

좀비를 물리친 인간 백신 만덕, 좀비 전력을 가진 사위 쫑비, 인간과 좀비의 영역을 넘어선 사랑을 성취한 해걸, 인류애를 연상시키는 준걸과 민걸의 본격적인 개과천선 등이야말로 그 누구도 반박할 수 없는 기묘함이 아닐까 싶다. 특별하고 이상하고 그러면서 유쾌한, 진짜 기묘한 가족의 완성판이다.

4. 신박한 힐링, 가볍게 웃고 즐겁게 생각하다

일반적으로 좀비물의 주된 분위기는 공포지만 이 영화는 공포의 자리를 웃음으로 채운 코미디물이다. 일단 주요 인물들이 죽지 않고 멀쩡하게 살아남아 밝은 세상을 구축했으니 이 영화는 불안하지 않으며 유쾌하다. 이런 전반적인 분위기를 바탕으로 이 영화가 지닌 소소한 웃음들을 짚어 보자.

우선 슬랩스틱 코미디(Slapstick comedy) 요소로 어그러진 좀비들의 움직임이나 그 좀비들 틈으로 잠입해 좀비인 척 행동하는 준걸과 민걸의 몸개그(Gag)가 있다. 그러나 이는 기존의 작품을 통해서도 충분히 노출된 것이기에 이 장면에서 웃음을 터트렸다면 그 배우의 팬일 확률이 높을 것이다.

이보다는 영화 곳곳에 등장하는 반전 효과가 좀 더 호소력 있다고 할 수 있는데 예를 들자면, 영화 초반에 나오는 비 내리는 밤 장면

등이다. 검은 우비를 뒤집어쓴 음산한 분위기의 남자가 사고 차량의 운전자에게 다가가서는 묻지마 사건을 연상시킬 법한 음산한 분위기를 연출하다가, 돌연 가볍고 방정맞은 목소리로 차를 수리하라고 말한다. 이는 돈을 뜯어내는 준걸의 사기 현장인데, 이러한 급작스러운 전환은 긴장된 분위기를 확 깨면서 웃음을 유도한다.

여기에다 자유로운 상상력을 가미해 웃음과 준 경우도 있는데, 바로 좀비들의 추격씬이다. 오리털 코트로 중무장을 하고 도망가던 남주가 좀비에게 뒷덜미를 잡히는데, 잡고 당기는 몸싸움이 시작되나 싶더니 코트가 터지면서 깃털이 가볍게 날려 화면을 온통 하얗게 채운다. 죽음을 오가는 위험한 상황을 마치 깃털 베개 놀이처럼 표현한 것이다. 또한 민걸이 좀비를 몰살시키려고 준비한 폭죽이 우연찮게 터지면서 벌어지는 불꽃놀이도 있다. 땅에서는 좀비가 물고 뜯으며 피를 흘리는데 하늘에서는 팡팡 불꽃이 터진다. 죽음이라는 끔찍함과 공포를 불꽃이라는 화려함과 발랄함으로 환기시킨 것이다. 이외에도 주유소에서 전기합선으로 불꽃이 튀는 아슬한 화면을 경쾌한 BGM으로 덮어 댄스클럽 같은 착시를 일으킨 장면도 손꼽을 수 있다.

이는 위험과 죽음 등 피하고 싶은 상황을 완전히 뒤집어 놓음으로써 놀이와 재미라는 추구하고 싶은 것으로 치환해 놓은 것으로 일종의 코미디 릴리이프(Comedy relief 긴장된 대목에 우스운 장면을 섞어 지나친 긴장감을 늦추는 것을 말한다)라 하겠다. 여유로운 상상이 즐거움을 생성해낸 것이다.

그러나 코미디를 표방했다고 해서 이 영화가 줄곧 평화롭고 웃긴 것은 아니다. 코미디가 무엇인지 고민하게 만드는 지점도 있다. 남주의 장면이다. 그녀는 시종일관 경직된 표정에 퉁명스러운 말투를 사용함은 물론, 좋비에게 물린 만덕을 후라이팬으로 후려치고, 헛간에 감금당한 채 양배추만 먹는 좋비를 위험하다며 그의 이빨을 다 뽑아버리는 등 과격한 행동을 일삼는다. 유쾌보다는 불쾌를 불러일으키는 듯한 이런 부분은 인물의 성격적 특징을 극대화하려다 생긴 부작용으로 보인다. 과유불급이다.

그런데 이렇듯 의도가 확실히 엿보이는 웃음 장치보다 가장 이 영화를 재미있게 만든 것은 애초의 설정이 아닌가 싶다. 좋비가 죽음이 아닌 젊음을 준다는 아이디어는는 모두가 바랄 만한 것이되 신선하고 환상적이며 절대로 공포스럽지 않다. 박장대소까지는 아니더라도 그 흥미로움은 부인할 수 없다. 그래서인지 평소 좀비 영화는 무서워서 보지 않는다는 민걸 역의 김남길 배우는 이 영화는 공포 대신 즐거움을 주기에 출연을 결심했다고 인터뷰에서 밝힌 바 있다.

여기에다 인간의 뇌 대신 그것을 닮은 양배추를 먹는다는 설정 또한 재미있다. 게다가 채식주의자, 평화주의자의 컨셉(Concept)인 양배추에 토마토 캐첩을 듬뿍 뿌려 전투적으로 씹어먹는 좋비의 영상은 생각하는 재미를 더해 준다. 왜 캐첩일까. 달콤새콤한 게 맛있어서? 혹시 인간의 피를 닮은 붉은 색이라서? 연출의 의도성 여부는 알 수 없으나 이러한 궁금증 또한 웃음 요소가 아닐까. 만약 전자라면 캐첩매니아인 해걸 따라하기 쯤으로 해석할 수도 있는데, 이는 관심 있는 사람의 행동을 모방하는 일종의 미러링(Mirroring)이자 인간의 입맛에 접근해 결국에는 인간 세계로 편입하려는 욕구가 담긴 행동이라 하겠다. 하지만 후자라면 내면에 숨겨진 좀비의 속성을 부지불식간 표출한 것이니 인간과 적대적인 위치에 있음을 드러내는 것이다. 영화 전체적인 스토리를 보자면 전자가 압도적인 우위를 차지하겠지만, 별 것 아닌 소품 하나로 이런 극과 극의 가능성을 제시할 수 있다는 점 자체가 흥미진진하다.

이와 더불어 해결과 쫑비의 로맨스 장면에 전통적인 클리셰(이 영화에 등장하는 이미 본 듯한 몇몇 장면들 중 가장 대표적이라 할 수 있는데, 준걸 역의 정재영 배우는 이를 두고 좀비에 대한 이질감을 완화시켜 줄 것이라고 긍정적으로 평했다. 물론 역으로 클리셰가 영화의 개성을 무너뜨린다는 감상자들도 많지만.)를 사용해 큰 웃음에는 못 미치지만 은근한 미소를 유도했다.

특히 좀 유치하기도 한 해걸과 쫑비가 양배추밭을 배경으로 '나 잡아봐라~' 하며 쓸데없이 뛰다가 넘어지는 장면에 윤종신의 〈환생〉이라는 BGM을 결합시킴으로서 시너지 효과를 발휘해 새로운 감동을 자아내게 했다. 흐릿하게 잊혀졌던 사랑스러운 것들을 소환했다고나 할까. '다시 태어난 것 같'다는 사랑의 고백과 환희를 고풍스러운 리듬, 멜로디, 달달한 목소리에 담아 전달한 이 곡은 해걸과 쫑비의 사랑을 보다 순박하고 설레는 것으로 만들었다. 여기에는 우울하고 외로운 해걸도 인간에게 이용당하는 어리숙한 좀비도 없다. 오직 행복한 연인만 있는 이 장면은 사랑이 얼마나 아름다운지 새삼 느끼게 했으니 오글거리지만 감염될 것 같다.

그리고 이 영화에는 절대적 공감이 가능한 재미있는 아이디어가 있는데, 바로 인간 백신이다. 죽어버린 시신인 좀비들을 다시 살아 있는 인간으로 돌려놓는 마법 같은 처방은 너무나 매력적이지 않은가. 만덕은 약도 주사도 쓰지 않고 울렁이는 속을 달랠 겸 소독을 할 겸 소주를 벌컥 들이킨 다음, 썩어 문들어진 좀비의 팔을 피가 날 만큼 꽉 깨문다. 신박하고 어이없는 처방이지만 웃음이 새어나오는 것을 막을 수 없다. 긴 시간 연구를 해도 가능성 여부가 불분명한 백신을 이렇게 해결하다니 과학성도 개연성도 실종 상태다. 하지만 원래 좀비라는 게 개연성을 논의할 대상은 아니니 유유상종類類相從의 대응 방식일지도 모르겠다.

더욱이 이 인간 백신은 온 국민을 대상으로 한다니 즐거움이 증폭된다. 다른 좀비 영화에서는 주인공이나 그 측근만이 살아남았지만 《기묘한 가족》의 생존 범위는 훨씬 넓다. 만덕일가가 순회공연하듯 여기저기 돌아다니며 무료 접종을 실시하기에 가난한 자도 깡촌에 사는 자도 모두 치료받을 수 있다. 해석의 과잉일지도 모르겠지만, 재미있는 또는 어이없는 웃음 안에서 차별받지 않고 함께 살아가는 이상적인 세계를 보여준 듯하다. 피투성이 좀비들 머리 위에서 어느 한 곳에 치우치지 않고 골고루 터지던 불꽃은 혹시 이러한 해피엔딩의 암시는 아니었을까.

나가며

같은 대상을 대하더라도 그 감상은 새로움과 낯섦, 신기함과 유치함, 재미있음과 어이없음 등으로 갈릴 수 있다. 이는 반대의 감상처럼 보이지만 관점의 차이에 기인한 것으로 그것을 수용하는 관객에 따라, 또한 동일한 관객이라 하더라도 처한 상황에 따라 변화가 가능하다.

영화 《기묘한 가족》을 놓고 2019년 개봉 당시, 파격적인 좀비와 신선한 유머감각이 돋보인다는 긍정적인 평과 좀비물이 가진 공포감을 살리지 못했다거나 병맛 코미디가 낯설다는 부정적인 평이 있었다. 그런데 그 어느 시대보다도 죽음의 문턱에 가까이 다가선 올해의 시선으로 보자면, 긍정적인 평가에 한 표를 보태고 싶다. 개인적 활동이 줄어드는 현 상황에서 좀비와 인간이 함께 벌이는 새로운 퍼포먼스를 지켜보면서 관계의 확장을 생각하고, 황당하긴 하지만 즐거운 희망을 기대하는 것은 꽤 유쾌하기 때문이다. 무엇이든간에 어둡고 우울한 시간을 넘기는 데 일조한다면 그것만으로도 작품의 효용성은 어느 정도 달성했다고 볼 수 있을 것이다.

2019년에 발표됐지만 2020년의 현실적 상황과 그에 따른 욕구를 반영한 듯한 영화 《기묘한 가족》. 재미와 위로, 그리고 희망을 담았기에 코로나19 시대의 관객에게 오랜 기간 사랑을 받을 듯한데, 과연 이 영화의 평점과 리뷰는 어떻게 될지 호기심을 가지고 지켜보기로 한다.

인간과문학파 회원 명부

등단연도	이름	부문	등단연도	이름	부문
2013	김민재	시	2017	이영애	시
	김수용	희곡		조찬호	동시
	김소옥	동화		최영자	문학평론
	서하나	소설	2018	김국애	시
	송원진	문학평론		김동연	시
	최하얀	동시		김보희	수필
	허문구	시		김완수	동화
2014	강미희	수필		김태현	시
	김수진	시		박희자	시
	김보배	소설		안성우	시
	김은중	문학평론		조용한	수필
	문창연	시		피귀자	시
	박수원	시		태 관	시
	양예준	희곡		한성근	시
2015	김미란	희곡		황병욱	소설
	김충경	시	2019	권순우	시
	이어진	소설		김종혁	수필
	이원석	시		문우순	시
	이은지	문학평론		문현주	영화평론
	임연진	영화평론		박효진	문학평론
	하순희	수필		봉영순	시
2016	김순효	시		이인환	시
	김영복	시		이정이	시
	김재훈	수필		이중섭	소설
	김효선	수필		이철웅	수필
	박철영	문학평론		장 춘	시
	이경철	시		정달막	시조
	이언수	시		최길순	시
	이영두	시		한춘호	시
	최공훈	수필	2020	구본숙	수필
	한복용	문학평론		나윤옥	문학평론
	황희경	시		박연희	수필
2017	김세희	시		송규성	영화평론
	김은옥	수필		신임순	시
	김재근	시		심현식	시
	박광안	수필		위승환	동화
	송복련	시		윤영유	수필
	안 영	시		이보라	문학평론
	안춘화	시		이재숙	수필
	양희진	시		이정태	시
	유광종	시		이화윤	소설
	이고은	소설		홍의선	시
	이민우	희곡	주간	유한근	
	이승필	수필	편집장	이노나	시.소설

인간과문학파 동인지 제5호
호모 스트립툼

초판 인쇄 | 2020년 12월 27일
초판 발행 | 2020년 12월 30일

지은이 | 구본숙 권순우 김영복 김은옥 김재근 김충경 나윤옥
문현주 박수원 박연희 박효진 박희자 송복련 심현식
안춘화 양희진 윤영유 이고은 이노나 이민우 이영애
이인환 이재숙 이정이 이정태 이화윤 정달막 조용한
최길순 피귀자 한복용 한성근 홍의선 황병욱 황희경
펴낸이 | 이노나
펴낸곳 | (주)인문엠앤비

주소 | 서울특별시 종로구 북촌로 135
전화 | 010-8208-6513
등록 | 제2020-000076호
E-mail | inmoonmnb@hanmail.net

값 15,000원

ISBN 979-11-971014-9-6

이 도서의 국립중앙도서관 출판예정도서목록(CIP)은 서지정보유통지원시스템 홈페이지(http://seoji.nl.go.kr)와 국가자료종합목록 구축시스템(http://kolis-net.nl.go.kr)에서 이용하실 수 있습니다. (CIP제어번호 : CIP2020054849)